ars vivendi

Klaus Schamberger

Mein Nürnberg-Buch

ars vivendi

Originalausgabe

Dritte Auflage Dezember 2010

www.arsvivendi.com

Umschlagillustration: ars vivendi verlag nach einem Bild von
Toni Burghart
Typografie und Ausstattung: ars vivendi verlag
Druck: CPI, Ulm
Printed in Germany

ISBN 978-3-931043-41-4

Inhalt

9 **Vorwort**

Mein Nürnberg

Geschichte und Identität

12 **Pfeffersack-City**
15 **Zur Ehre Gottes**
20 **Eine Mutter in unserer Zeit**
33 **Ein Zehnmarkschein für Jaroslav H.**
35 **Kerr & Co.**
38 **Nürnberger Leiden**
40 **In Fürth, oder wo**

Orte

43 **Schlehenblüten und Schießscharten**
45 **Von der Großmutter mütterlicherseits**
49 **Hinter Gittern – ein Jubiläum**
54 **Airport**
56 **Champagner im Tropfer**

Menschen

60 **Berühmte und berüchtigte Nürnberger**
65 **Denkmäler gibt es nur für große Köpfe**
68 **Die zwei Peterlesboum**

Der Club

71 **Der Glubb**
73 **Morlock, Kennemann und andere weinrote Helden**
77 **Die weinroten Trikots**

80 Schwarz, Rot, Blaß

Der Christkindlesmarkt und die Zeit davor
83 Spätherbst
86 Buß- und Bettag
89 Niemandszeit
92 Weihnachts-Graddi
95 Aus der Welt der Stille: Ein Wintermärchen
97 Alles schläft, einsam kracht ...
100 Am Weihnachtsbaum die Finger brennen
103 Das Ende der Zeit

Nämbercher Alldooch
112 Weggla
115 Ladenschluß
118 ISDN
121 Wenn die Händys pfeifen
124 Aktiv-Urlaub
126 Profi-Zuschauer
129 Tiere im Asyl
131 Volkslied
134 Mars-Männchen

Raus aus der Stadt
137 Schlagrahmdampfer
146 Von Kanaläpfeln, Nachtgiekern und anderen verlorenen Dingen
151 Mehr hin als zurück
155 Der Kanalmeister
161 Der alte Bahnhof
166 Habe die Ehre, Altmühltal
168 Das Flußbad in Mögeldorf
171 Paddelbootfahrt von Neuhaus nach Hersbruck

173 Von Schäumen und Bäumen
179 Der alte Mann aus Lungsdorf
182 Alles im Fluß
188 Von der Deutschherrnwiese zur Kläranlage
191 Solo für Daheimbleiber

Mein Franken

196 Franken
206 Der fränkische Humor
209 Konfirmation
212 Von Menschen und Bieren
225 Essen in Franken

Mei Weld in am Gedichd

236 Närmberch an der Bengerz
237 Die Patrizier
238 Der König von der Königstraße
240 Brot für die Halbwelt
241 Volksfestbilanz
242 Die Siemens-Kärwa
243 Alte Kirchweihbräuche
244 Sechs-Uhr-Läuten
245 Urlaub in Franken
246 Advent
248 Weihnachtsmarkt

250 Quellennachweis

Vorwort

Ich laufe gern, ich habe einen tief ausgetretenen Trampelpfad durch die Altstadt. Der geht an allen meinen Großeltern, an meinen Eltern, an meinen Kindern, an meiner Frau vorbei. Ich sitze gern in meinem kleinen Garten am alten Kanal und schaue der Zeit zu. Ich denke nicht, ich werde gedacht. Ich schreibe nicht, das macht für mich meine *Triumph Adler,* die vielleicht aus den späten sechziger oder frühen siebziger Jahren stammt. Auf ihr stanze ich Buchstaben, sie macht Geschichten draus. Ich bin vor allem kein Heimatdichter. Mit denen habe ich nichts am und schon gar nichts unterm Hut. Mein lautes Leben widme ich beim Gehen und Stehen immer der Stille und suche in ihr einen festen Halt, von Dialektik verstehe ich nichts. Alle meine Geschichten und Gedichte sind immer unter Druck entstanden. Den Druck habe ich bequem an meine *Triumph Adler* weitergegeben. Wer schreibt, arbeitet immer auf der Oberfläche eines Stück Papiers, dahinter ist nichts, da kann man noch so lang suchen. Ganz selten schlägt was durch. Nürnberg bezeichne ich ganz einfach als meine Stadt. Nicht, weil sie mir vielleicht gehören möchte, sondern weil sie so ist wie ich. Grau, rissig, geduckt, und nachts träumt sie von der guten alten Zeit. *»Die Nacht bricht schon an, aber mach kein Licht«* – so fängt ein Gedicht von Jaroslav Seifert an, den ich sehr mag.

Klaus Schamberger

Mein Nürnberg

Geschichte und Identität

Pfeffersack-City

Am liebsten würde ein Historiker schreiben: Nürnberg, Vorname Heiner, geboren am 2. März 1050, Beruf Drehscheibe, gestorben am 2. Januar 1945, anschließend einigermaßen auferstanden. Für eine derart exakte Geschichtsbeschreibung fehlen die Eckdaten. Man kann nur sagen, daß der Name Nürnberg von Norenberc stammt, was Felsenberg bedeutet und den Sandsteinhubbel meint, auf dem die Burg steht. Von prähistorischen Menschenansammlungen am sumpfigen Ufer der Pegnitz oder am darüber befindlichen Felsenberg weiß niemand was. Im Jahr 1050 ist Nürnberg zum ersten Mal urkundlich erwähnt, auf der sogenannten Sigena-Urkunde. Die Dame Sigena hat es damals schriftlich von König Heinrich III. bekommen, daß sie von der Leibeigenschaft in die Freiheit befördert wird. Im Jahr 1062 erhält die Siedlung und der dazugehörige Königshof Marktrecht. Berühmt wird das Städtchen zehn Jahre später durch die Wundertaten eines gewissen Sankt Sebald, den die Nürnberger tief verehren. Die Wunder werden sich in Grenzen gehalten haben, wenn man bedenkt, daß man gar nicht genau weiß, ob es den Sankt Sebald überhaupt gegeben hat. Sicher ist nur die dem Sankt Sebald geweihte Sebalduskirche, von deren Existenz man sich heute noch überzeugen kann. Durch die günstige Verkehrslage, durch die Geschäftemacherei mit Venedig und angeblich auch durch den Fleiß der hier ansässigen Pfeffersäcke – später Patrizier genannt – entwickelte sich Nürnberg zur kaisereigenen Metropole. Die damit eng zusammenhängenden Juden-Pogrome werden in wohlwollenden Geschichtsbüchern entweder verschwiegen oder marginal abgehandelt. Nürnberg blühte wirtschaftlich durch seine Kaufleute und Handwerker. Als eine der wenigen Städte im Deutschen Reich verbot der Magistrat seinen Handwerkern, sich zu Zünften zusammenzuschließen. Man befürchtete die politische Macht, die anderswo aus solchen Zusammenschlüssen hervorging. Nürnberg blühte aber auch durch die vom Patriziat gelegentlich gesponserten Künstler im 15. und 16. Jahrhundert. Zu ihnen gehören der Maler und Kupferstecher Albrecht Dürer, der Holzschnitzer Veit Stoß, der Steinmetz Adam Kraft, der Erzgießer Peter Vischer und der dichtende Schuhmacher Hans Sachs. Ob Martin Behaim tatsächlich den Globus und Peter Henlein die Taschenuhr erfunden hat, ist nicht gesichert, wird aber gern erzählt. Weniger gern erinnert man sich an den Niedergang der Freien Reichsstadt Ende des 18. und zu Beginn des 19. Jahrhunderts. Auf Befehl Napoleons marschieren im Jahr 1806 die Truppen der bayerischen Wittelsbacher ein und reißen sich die bankrotte Stadt unter den Nagel. Am 7. Dezember 1835 fährt Deutschlands erste Dampfeisenbahn von Nürnberg nach Fürth. Die Stadt wird Bayerns Industriemetropole. Schon vor der sogenannten Machtergreifung erwählt sie Herr Adolf Hitler zu seiner Metropole für Deutschtum und anderen groben Unfug und veranstaltet hier die Reichsparteitage. Der Reichsparteitag des Friedens im September 1939 fällt wegen Krieg aus. Am 2. Januar 1945 bombardieren die Alliierten Nürnberg bis zur Unkenntlichkeit. Neuerdings gilt die Stadt als Hort von Lebkuchen, Bratwürsten und Butzenscheiben. Was hin und wieder von den Einheimischen schwer kritisiert wird, aber wesentlich sinnvoller ist als ein Hort des Nationalsozialismus.

Zur Ehre Gottes

Wir Pfeffersäcke im Zeichen der Burg haben so andersartige Leut schon immer sehr geliebt. Den Mendel Rosenbaum haben wir im Spätherbst des Jahres 1298 so eng an uns gedrückt, daß er und 627 andere auf einmal tot waren. Aber wir haben uns ihrer schönen Häuser, Grundstücke und Goldtaler angenommen. Im Dezember 1349 haben wir den Moritz Rosenbusch, der wo da unten am Hauptmarkt gehaust hat, mit unserer Liebe so heiß gemacht, daß er fei verbrannt ist. Und noch 525 andere. Zu Ehren der irgendwie Erschlagenen haben wir die heilige Frauenkirche errichtet. Und wieder in einem Herbst, im Jahr 1938, haben wir vor lauter Liebe zu Isaak Rosenzweig seinem Geschäft ihn aus der Stadt und aus dem Land geprügelt. Aus dieser Liebe ist uns ein billiges Geschäft entstanden, durch welches es uns heut noch ganz gut geht. Rosen symbolisieren soviel, daß man es manchmal im Kopf gar nicht packt und ganz blöd davon wird. Obacht vor Liebe der Pfeffersäcke.

Heutzutage würde ein Antlitz-Ästhetiker das Gesicht des Willibald Pirckheimer, angeblich Universalgelehrter, vielleicht als Schwellkopf bezeichnen. Auch möchte der Universalgelehrte Pirckheimer halsmäßig unter Umständen mit dem universell ebenfalls sehr beschlagenen Julius Streicher verglichen werden. In beiden Fällen kann man von einem Stiernacken sprechen.

Doch solche Vergleiche und Abträglichkeiten sind selbstverständlich unzulässig, denn man muß alles im Zusammenhang mit den allgemeinen

Zeiterscheinungen sehen. So soll man also nicht feststellen, daß Willibald Pirckheimer an der Vertreibung der Nürnberger Juden im Winter des Jahres 1498 und am anschließenden Diebstahl aller jüdischen Besitzungen maßgeblich beteiligt war.

Vielmehr muß man der Nachwelt zu ihrer vollkommenen Beruhigung überliefern, daß Willibald Pirckheimer zu den Männern gehörte, die Nürnbergs Blütezeit im 16. Jahrhundert prägten. Weiterhin war er ein wohltuender Bildungspolitiker, der Erfinder des örtlichen Humanismus, der Koordinator der europäischen Humanisten. Auch ging es ihm darum, in einer neuen Ära der Geschichte einen neuen Lebens- und Geistesstil zu prägen. Wie schon bemerkt, hat er 1498 in seiner Eigenschaft als Angehöriger des Rates der Stadt Nürnberg, aus Versehen wahrscheinlich, die Ausweisung der Juden mitverfügt.

Noch nicht ganz humanistisch gebildet war die Nürnberger Aristokratie, als sie ungefähr hundertfünfzig Jahre vorher beschloß, die Juden – damals etwa 1500 Menschen – erst zu enteignen und dann hinauszuschmeißen. Durch den Bereicherungsbeschluß ihrer Regierung ermutigt, legten die Nürnberger gleich selbst Hand an: Im Dezember des Jahres 1349 trieben sie die Juden aus ihren Häusern an der Pegnitz, prügelten Frauen, Kinder und Greise an einen Ort außerhalb der Stadtgrenzen, dorthin, wo heute im Stadtpark schöne Blumen blühen. Auf dem rasch errichteten Scheiterhaufen verbrannten die Nürnberger 562 jüdische Mitbürger. Zur Ehre Gottes ließ der Rat der Stadt am Standort der mittelalterlichen Synagoge die Frauenkirche bauen.

Noch einmal fünfzig Jahre zuvor waren den Pogromen im ostfränkischen Land zwischen Rothenburg und Bamberg 3000 Juden zum Opfer gefallen. In Nürnberg ermordete man 628 Juden. Nach den drei Mord- und Plünderungsjahren von 1298, 1349 und 1498 durften Juden unter schweren Strafandrohungen dreihundertfünfzig Jahre lang die Stadt Nürnberg nicht mehr betreten.

Noch im Jahr 1824 befand der ebenfalls dem humanistischen Bildungsideal sehr verpflichtete Schulreformer, Bürgermeister und Eisenbahndirektor Johannes Scharrer, daß Juden in der Stadt nichts verloren haben. Bei der Diskussion im Magistrat über die Aufnahme der Galanterieschneiderin Caroline Levi lehnte Scharrer den Asylantrag ab: weil dies einen Präzedenzfall liefern würde und es überhaupt nicht nötig sei, irgendeinem Juden den temporären Aufenthalt von mehreren Monaten in der Stadt zu gestatten.

Im Jahr 1926 schreibt der Pfarrer Hans Meiser im Evangelischen Gemeindeblatt Nürnberg: »Wer die jüdische Lebensauffassung kennt, die alles unter den Gesichtspunkt des Geldverdienens rückt, wo alles, selbst die zartesten und innerlichsten Dinge wie Heirat und Ehe, zum Geschäft wird, wer den alles nivellierenden, die sittlichen Grundlagen unseres Volkstums zersetzenden, bis zur Laszivität ausschweifenden jüdischen Geist kennt, der kann sich ein Bild davon machen, was unserem Volk drohte, wenn dieser Geist noch weiter als bisher schon um sich griffe und zum Gemeingut unseres Volkes würde. Um unsere gute deutsche, innerliche, idealistisch gerichtete Art wäre es dann geschehen.

Gegen diese Art der Verjudung unseres Volkes können wir nicht energisch genug ankämpfen.«

Am 9. März 1933 marschierten in Nürnberg SA und SS von der Deutschherrnwiese zum Rathaus und hißten dort die Hakenkreuzfahne. Die der Menschlichkeit sehr verpflichteten Pfarrer von St. Sebald und St. Lorenz ordneten Glockengeläut an. Am 11. Juni 1933 zog der evangelische Geistliche Hans Meiser aus Anlaß seiner Ernennung zum Landesbischof von der Lorenzkirche zum Rathaus. Den Festzug eskortierten SA und SS, die Reihen dicht geschlossen. An diesem Festzug konnte unter anderem der SPD-Stadtrat Gregor Sch. schon nicht mehr teilnehmen. Er saß aus Gründen der politischen Umerziehung im Konzentrationslager Dachau.

Ungefähr von Anfang Mai 1945 an erinnerten sich alle Nürnberger mehr und mehr wieder daran, wie sehr sie schon immer den humanistischen Bildungsidealen verpflichtet waren. Zu Beginn des Jahres 1933 lebten fast 9000 Juden in Nürnberg. Zu Beginn des Jahres 1945 lebten in Nürnberg fast keine Juden mehr. Die Scheiterhaufen standen diesmal nicht im Stadtpark, sondern in Auschwitz, Theresienstadt, Majdanek, Isbica bei Lublin oder in Mauthausen.

Wenn der Nürnberger Jude Arno H. heute zum Clubspiel ins Stadion fährt, an der Kongreßhalle, der Steintribüne, der Führerloge vorbei, wenn er Skins singen hört »Es zittern die morschen Knochen«, wenn er daheim an seine Gartenmauer die eilig gesprühte Aufschrift liest »Juda verrecke«, wenn er am Telefon die Anrede »Judensau« vernimmt, dann denkt Arno H. oft stundenlang darüber nach, ob man die Begriffe Humanität und Bestialität nicht endlich gegeneinander austauschen muß.

Manchmal denkt er auch darüber nach, daß der Beschluß des Nürnberger Stadtrates, den Restschutt des Parteitagsgeländes stehenzulassen, ein weiser Beschluß war. Man weiß ja nicht, wie man es wieder einmal brauchen kann.

Eine Mutter in unserer Zeit

»Ich habe damals im Herbst 1945«, erinnert sich Käte S., »nur zwei wesentliche Sorgen gehabt. Die eine war, wie bringe ich meine beiden Kinder durch? Und die andere, wie geht es meinem Mann? Alles andere um mich herum hat fast keine Bedeutung gehabt.« Die gelernte Kauffrau, Mutter eines dreijährigen Sohnes und einer erst im Juli geborenen Tochter, lebte im Nürnberger Stadtviertel Mögeldorf in einer Kammer unterm Dach, die eine Wand war in der Bombennacht im Januar zur Hälfte herausgerissen worden. »Gott sei Dank«, sagt die heute fast 80jährige Frau, »ist der Herbst bis weit in den November hinein sehr mild gewesen.« Ein oder zwei Tage vor dem 20. November erfährt sie: Ihr Mann lebt, er ist in russischer Gefangenschaft. Käte S.: »Ich hab zu einer Freundin gesagt, sie soll auf meine Kinder aufpassen. Dann bin ich mit dem Fahrrad zu meinen Schwiegereltern nach Ziegelstein gefahren und hab meinen Schwiegereltern gesagt, daß ihr Sohn am Leben ist. Das war der schönste Tag in diesem Jahr.« Ja, sie hat schon mitgekriegt, daß am 20. November im kaum zerstörten Justizpalast an der Fürther Straße das Internationale Militärtribunal den Prozeß gegen die deutschen Kriegsverbrecher eröffnet hat. »Aber das hat mich«, sagt sie, »überhaupt nicht interessiert. Es hat in meinem Leben keine Rolle gespielt damals. Wenn ich heute zurückdenke – es ist soviel damals um mich herum geschehen, wichtige Dinge, politisch und moralisch –, aber ich glaube, ich bin einfach teilnahmslos danebengestanden.« Von Hunderten von Reportern umringt, von Blitzlichtern, Filmkameras und Mikrofonen verfolgt, von Soldaten bewacht, sind am Morgen des noch immer ungewöhnlich milden 20. November 1945 die 21 Angeklagten in den Schwurgerichtssaal 600 geführt worden. Großadmiral Karl Dönitz (54), bei Kriegsende Hitlers Nachfolger, am 23. Mai von den Engländern verhaftet. Hans Frank (45), ehemaliger Rechtsanwalt und seit 1939 als Generalgouverneur Polens verantwortlich für Tod und Unterdrückung in dem besetzten Land. Wilhelm Frick (68), ehemaliger Polizist in München, 1943 zum Reichsprotektor für Böhmen und Mähren ernannt. Hans Fritzsche (45), Philosophiestudent, Journalist, ab 1933 Leiter der Presseabteilung in Joseph Goebbels Propagandaministerium. Walter Funk (55), gelernter Wirtschaftsjournalist, Reichswirtschaftsminister und Präsident der Reichsbank. Hermann Göring (52), Fliegerhauptmann im 1. Weltkrieg, 1940 zum Reichsmarschall des Großdeutschen Reiches ernannt. Rudolf Heß (51), Studium der Geschichte, Stellvertreter Hitlers, nach seinem Flug nach Schottland im Mai 1941 in englischer Gefangenschaft. Alfred Jodl (55), gebürtiger Würzburger, Chef des Wehrmachtführungsamtes, Generaloberst und Hitlers militärischer Berater. Ernst Kaltenbrunner (42), Rechtsanwalt, SS-Führer in Wien, seit 1943 Chef der Sicherheitspolizei. Wilhelm Keitel (63), seit 1938 Chef des Oberkommandos der Wehrmacht. Konstantin von Neurath (72), 1938 Reichsaußenminister, als Reichsprotektor für Böhmen und Mähren 1941 beurlaubt. Franz von Papen (66), 1933 Vizekanzler Hitlers, dann Botschafter in Wien bis 1938, danach Botschafter in der Türkei. Erich Raeder (69), als Oberbefehlshaber der

Kriegsmarine 1943 von Hitler abgelöst. Joachim von Ribbentrop (52), von 1938 bis 1945 Außenminister. Alfred Rosenberg (52), Partei-Ideologe, Verfasser der Rassismus-Schrift »Mythos des 20. Jahrhunderts«, seit 1941 Reichsminister für die besetzten Ostgebiete. Fritz Sauckel (51) aus Haßfurt in Unterfranken, Reichsstatthalter in Thüringen und als Generalbevollmächtigter für den Arbeitseinsatz verantwortlich für die Massendeportationen ausländischer Arbeiter nach Deutschland. Hjalmar Schacht (68), Präsident der Reichsbank und Wirtschaftsminister, 1944 entlassen, bis 1945 Häftling im KZ Flossenbürg. Baldur von Schirach (38), bis 1940 Reichsjugendführer, dann Reichsstatthalter in Wien. Arthur Seyß-Inquart (53), Rechtsanwalt, Reichskommissar für die besetzten niederländischen Gebiete. Albert Speer (40), Architekt, General-Bauinspektor, seit 1942 Kriegsminister. Julius Streicher (60), Volksschullehrer, Gründer des antijüdischen Hetzblattes (1923) »Der Stürmer«, bis 1940 Gauleiter in Franken.

Käte S., die heute den Nürnberger Kriegsverbrecherprozeß »im nachhinein ganz bestimmt für sehr wichtig und richtig« hält, ist in einem »schon ziemlich rechtsgerichteten« Elternhaus aufgewachsen. Ihre Toleranz, ihr Mitgefühl und Eintreten für Minderheiten sind heute über jeden Zweifel erhaben. »Aber damals«, sagt sie, »ich weiß es nicht, warum wir die Augen zugemacht haben. Ich hab jüdische Schulfreundinnen gehabt. Und wie die dann nicht mehr da waren – ich glaube, ich habe das verdrängt. Ich bin wie schlafwandlerisch durchs Leben gegangen.« Und was sie als junge Gymnasiastin von einem Menschen wie dem »Frankenführer«

Julius Streicher gehalten hat? Käte S.: »Der war mir zutiefst zuwider.« Georg Kreisler, der Wiener Kabarettist, der als Jude 1938 Österreich verlassen mußte und mit seinen Eltern in die USA ausgewandert ist, war der erste Soldat, der Streicher nach seiner Gefangennahme auf einem oberbayerischen Bauernhof verhört hatte. »Ich kann mich noch sehr genau erinnern«, erzählte der Wiener Amerikaner bei seinem Nürnberg-Aufenthalt im Herbst 1996. »Ich war damals ein dreiundzwanzigjähriger US-Soldat, und weil ich natürlich fließend Deutsch gesprochen habe, bin ich in einer Spezialeinheit für Befragungen von wichtigen Gefangenen gewesen.« In einem Lager in Wiesbaden ist Georg Kreisler dem fanatischen Judenhasser aus Nürnberg gegenübergestanden. Kreisler: »Er hat auf mich einen sehr kläglichen Eindruck gemacht. Ich bin überzeugt, er war ein Irrer. Sein Blick, sein Gesichtsausdruck, seine langsamen Antworten – der kann nicht normal gewesen sein. Er hat nach dem Verhör zu mir gesagt ›Sie waren sehr nett zu mir, aber sonst die Juden, die haben mir sehr zugesetzt.‹ Natürlich war der Streicher unschuldig. Alle waren damals ja unschuldig, alle haben sich in einem Befehlsnotstand befunden. Leider hab ich bis heute niemanden in diesem Land getroffen, der zu mir gesagt hat, daß er sich schämt.« Was er damals beim Anblick eines Menschen empfunden hat, der den Abriß der Nürnberger Synagoge befohlen hat, dem solche Sprüche eingefallen sind wie »Trau keinem Fuchs auf grüner Heid und keinem Jud bei seinem Eid« und der gern durch die Straßen der Altstadt gebrüllt hat »Jude, verrecke!«? Georg Kreisler: »Wie er so erbärmlich vor mir gestanden ist, hätte ich ja eigentlich Mitleid empfinden müssen. Aber das war mir nicht möglich. Ich glaube, es war Ekel.«

Julius Streicher sitzt im Schwurgerichtssaal in der ersten Reihe der zwei Anklagebänke, zwischen Innenminister Wilhelm Frick und Wirtschaftsminister Walter Funk. Auf die Frage des Vorsitzenden Richters Geoffry Lawrence aus England, ob er sich schuldig bekenne, antwortete der Frankenführer so wie alle Angeklagten: »Nein.« Die Anklage unter dem Vorsitz des Franzosen Champetier de Ribes wirft den 21 Haupt-Rädelsführern des braunen Terror-Regimes vier Verbrechen vor: Verschwörung gegen den Weltfrieden, Planung, Entfesselung und Durchführung eines Angriffskrieges, Verbrechen und Verstöße gegen das Kriegsrecht, Verbrechen gegen die Menschlichkeit. Oder: Fünf Millionen ermordete Juden, 50 Millionen Tote zwischen London, Dresden und Stalingrad nach dem Krieg, mit dem Nazi-Deutschland die Welt heimgesucht hat. »Über die Unmoral der Nazis, über ihre Gewalttaten«, sagt Käte S., »haben wir damals schon geredet. Aber nur, wenn ich mit meinem Mann allein und unbeobachtet war.« Ihr Ehemann Kurt S. stammt aus einem sozialdemokratischen Elternhaus, sein Vater war als SPD-Stadtrat vier Monate im Konzentrationslager Dachau. Käte S.: »Danach hat er bis zum Kriegsende nie mehr eine politische Bemerkung gemacht. Er hat auch nie über die Zeit im KZ gesprochen.« Ganz ohne Begeisterung geht freilich auch der antifaschistisch erzogene Kurt S. 1939 nicht in den Krieg. Nach Polen, nach Frankreich, nach Rußland, in die Gefangenschaft. Käte S.: »Er hat halt keine Wahl gehabt. Und er hat wie wir alle überleben wollen. Verstehen kann man heute aber trotzdem manches nicht.« Im Januar 1946 schreibt der Nürnberger Rechtsanwalt Dr. Friedrich Bergold, der Verteidiger Martin Bormanns und spätere FDP-Landtagsabgeordnete, über das Verständnis der Nürnberger Bevölkerung für den Kriegsverbrecher-Prozeß in einem Brief an die Anklagebehörde: »Das Internationale Militärtribunal ist für weite Kreise der Bevölkerung hier so weit entfernt wie etwas, das auf dem Mond stattfindet. Die Berichte aus dem Tribunal, namentlich über die zur Sprache kommenden Untaten, wurden als Propaganda und das Tribunal selbst als Schwindel bezeichnet.« Anfang Dezember 1945 installieren Helfer im Schwurgerichtssaal 600 eine große Leinwand, stellen einen Projektor auf. Auf Anordnung des Gerichts wird den Angeklagten ein Dokumentationsfilm über Konzentrationslager vorgeführt. Kaum noch als Menschen zu erkennende Gerippe, Haut und Knochen, nackte geschundene Leiber, Tausende und Abertausende von Leichen, Berge von toten Kindern. Der Gerichtspsychologe Dr. Gustave M. Gilbert aus New York schreibt die Reaktionen der Angeklagten in seinem Notizbuch mit. In seinem »Nürnberger Tagebuch« heißt es: »Schacht protestiert, Film ansehen zu müssen. Frank nickt zustimmend bei im Vorspann des Films gezeigter Beglaubigung. Fritzsche sieht bereits blaß aus und sitzt entsetzt da, als es mit Szenen beginnt, in denen Gefangene lebend in einer Scheune verbrannt werden. Keitel wischt sich die Stirn. Neurath hat Kopf gesenkt, schaut nicht hin. Funk bedeckt Augen, scheint Qualen auszustehen, schüttelt den Kopf. Frank schluckt krampfhaft, blinzelt mit Augen, um Tränen zurückzuhalten. Göring lehnt an der Balustrade, schaut meiste Zeit nicht zu, sieht schläfrig aus. Streicher schaut weiter zu, außer gelegentlichem Blinzeln bewegungslos. Es werden Berge von Toten in Zwangsarbeitslagern gezeigt. Funk weint jetzt. Göring trübsinnig, lehnt auf Ellbogen. Anwälte stöhnen. Jetzt Dachau. Schacht schaut immer noch nicht zu. Frank nickt erbittert: ›Schrecklich‹. Streicher sagt: ›Das glaub ich nicht‹. Funk weint bitterlich, als nackte Frauenleichen in Gruben geworfen werden ...« Ende November, Anfang Dezember kann Käte S. mit ihrer fünf Monate alten Tochter und ihrem dreijährigen Sohn von ihrem kleinen Zimmer in ein anderes kleines Zimmer umziehen. Aber das neue kleine Zimmer hat jetzt wenigstens vier Wände. Der Winter kann kommen, aber es bleibt weiter mild. »Eigentlich«, sagt sie, »habe ich damals nie wirklich Angst gehabt. Oder ich kann mich zumindest nicht daran erinnern. Ich war ganz tief und felsenfest überzeugt, daß mein Mann bald wieder heimkommt. Und trotz allem Hunger – irgendwoher ist immer was zum Essen gekommen.« Die dünne, bläuliche Milch von der mageren Kuh eines Kleinbauern, die Futterrüben vom Acker, der wildgewachsene Feldsalat von den Wiesen. Das Fraternisierungsverbot zwischen den amerikanischen Soldaten und den Mögeldorfern hat zwar offiziell existiert, aber längst nicht mehr funktioniert. »Oft haben wir Schokolade von den Soldaten gekriegt, Corned beef, Erdnußbutter, Fett oder Marmelade.« An Weihnachten steht in dem unmöblierten Zimmer sogar ein kleiner Christbaum mit frischgebügeltem Lametta. Und gegen Ende des Jahres bringen ein paar österreichische Soldaten, die nach ihrer Entlassung auf dem Weg nach Wien sind, wieder Nachricht vom Ehemann. Kurt S. ist aus der russischen Gefangenschaft geflohen und auf dem Weg nach Nürnberg. »Ich war natürlich ganz aus dem Häuschen«, erzählt Käte S., »aber meine Schwägerin hat damals mehr gewußt als ich. Sie haben meinen Mann wieder erwischt, und er ist dann in polnischer Gefangenschaft gewesen. Aber meine Schwägerin hat mir nichts davon gesagt. Sie wollte mir mein Glück nicht kaputtmachen.«

Die angeklagten Nazi-Größen taktieren, versuchen, sich aus Schuld und Verantwortung zu stehlen. Allen voran Göring. Von der Endlösung der Judenfrage hat er nichts gewußt, die Überfälle auf die Tschechoslowakei, auf Böhmen, die Okkupation Dänemarks, Norwegens – das alles hat nicht stattgefunden. Vor Gericht wird das Tagebuch des Generalgouverneurs in Polen, Hans Frank, auszugsweise verlesen. Ein Eintrag aus dem Jahr 1940 heißt: »Ich kann doch nicht alle Läuse und Juden in einem Jahr ausrotten ...« Die Ankläger verfügen über ganze Aktenschränke voll mit erdrückendem Beweismaterial, von den Nazis akribisch festgehalten, ordnungsgemäß unterzeichnet, abgeheftet und nicht mehr rechtzeitig vernichtet. Etwa ein vom obersten Wehrmachts-Soldaten Wilhelm Keitel unterschriebener Befehl: »Um die Umtriebe im Keim zu ersticken, sind beim ersten Anlaß unverzüglich die schärfsten Mittel anzuwenden, um die Autorität der Besatzungsmacht durchzusetzen. Dabei ist zu bedenken, daß ein Menschenleben in den betroffenen Ländern absolut nichts gilt.« Oder: »Die Truppe ist daher verpflichtet, ohne jede Einschränkung auch gegen Frauen und Kinder jedes Mittel anzuwenden, wenn es nur zum Erfolg führt.« Im Frühsommer beginnen die Plädoyers der Verteidiger und der Ankläger. Im Frühsommer ist Käte S. die glücklichste Frau in ganz Nürnberg. Am Abend des 19. Juni 1946 klopft es an der Tür ihres kleinen Zimmers, ein abgerissener, ungewaschener, stoppelbärtiger Mann steht draußen – ihr Mann. Kurt S. ist dreimal aus russischer und polnischer Gefangenschaft abgehauen und dreimal wieder erwischt worden. Am Ende seiner Ost-West-Odyssee zu Fuß und im Eisenbahnwaggon ist er vor der 1946 schon gut bewachten Grenze der sowjetisch besetzten Zone, der späteren DDR, gestanden. Ein Brief aus Eisenach nach Nürnberg, ein frei erfundenes Telegramm vom Vater in Ziegelstein, daß Kurt S. dazu ausersehen ist, in Franken dem Marxismus zum Sieg zu verhelfen – und der Ex-Leutnant durfte offiziell und mit den besten Wünschen über die Grenze in den amerikanischen Westen.

Die Plädoyers im Justizpalast an der Fürther Straße dauern fast eine Woche. In seinem Schlußwort sagt der amerikanische Ankläger Robert Jackson am 30. Juli 1946: »Aus der Aussage jedes Angeklagten kam man zu irgendeinem Zeitpunkt zu der bekannten weißen Mauer: Niemand wußte irgend etwas von dem, was vor sich ging. Immer und immer wieder haben wir aus der Anklagebank den Chor gehört: ›Ich erfahre von diesen Dingen hier zum ersten Mal.‹ Diese Männer sahen nichts Böses, sprachen nichts Böses, und in ihrer Gegenwart wurde nichts

Böses geäußert. So ist der Gesamteindruck, den man vom Dritten Reich gewinnt, geradezu lächerlich. Wenn wir nur die Erzählungen der vorderen Reihe der Angeklagten nehmen, so bekommen wir folgendes lächerliches Gesamtbild von Hitlers Regime – es setzte sich zusammen aus: einem Mann Nummer 2, der nichts von den Ausschreitungen der von ihm selbst eingerichteten Gestapo wußte und nie etwas vermutete von dem Ausrottungsprogramm gegen die Juden, obwohl er der Unterzeichner von über 20 Erlassen war, die die Verfolgung dieser Rasse ins Werk setzten. Einem Mann Nummer 3, der nur ein unschuldiger Mittelmann war, der Hitlers Befehle weitergab, ohne sie überhaupt zu lesen wie ein Briefträger oder Botenjunge. Einem Außenminister, der von auswärtigen Angelegenheiten wenig und von der auswärtigen Politik gar nichts wußte. Einem Gauleiter von Franken, der sich damit beschäftigte, unflätige Schriften über die Juden herauszugeben, der jedoch keine Ahnung hatte, daß sie irgend jemand jemals lesen würde ...« Die Richter – zwei aus den USA, zwei aus Frankreich, zwei aus der Sowjetunion, einer aus Großbritannien und der britische Vorsitzende Geoffrey Lawrence – ziehen sich zur Beratung zurück. Sie wohnen in beschlagnahmten Häusern im Nürnberger Villen-Vorort Erlenstegen und in Ebensee. »Ich kann mich noch daran erinnern«, sagt der in Mögeldorf aufgewachsene Lehrersohn Dr. Klaus Kastner, »wie bei uns die Amerikaner jeden Tag mit den Jeeps hin und her gefahren sind.« Klaus Kastner ist Vizepräsident des Landgerichts Nürnberg und Verfasser des Buchs »Der Nürnberger Prozeß«. Zusammen mit dem

Nürnberger Oberstaatsanwalt Ewald Behrschmidt betreut er die Besucher des Schwurgerichtssaales 600 im Justizpalast. Bis in die siebziger Jahre gab es kaum jemanden zu betreuen. »Das Interesse«, weiß Kastner, »war sehr gering. Erst Anfang der achtziger Jahre sind immer mehr gekommen, die den Gerichtssaal des Nürnberger Prozesses sehen wollten.« Heute kommen jedes Jahr rund 10 000 Besucher. Kastner: »Zum größten Teil Menschen aus den Vereinigten Staaten.« »Natürlich«, meint Jurist Ewald Behrschmidt, »werden wir oft auf die juristische Problematik des Prozesses angesprochen. Daß es für einen Teil der Anklage zum Zeitpunkt der Tat kein entsprechendes Gesetz gab. Daß es möglicherweise fragwürdig ist, wenn die Sieger über die Besiegten zu Gericht sitzen. Daß es eigentlich danach noch viele ›Nürnberger Prozesse‹ hätte geben müssen. Aber das Internationale Militärtribunal war meiner Meinung nach damals richtig und wichtig. Wenn man einen Baum fällt, dann ist ein Skalpell fehl am Platz.«

Im Spätsommer 1946 können Käte und Kurt S. mit ihren beiden Kindern wieder in ihre von den Amerikanern beschlagnahmte Wohnung in Mögeldorf einziehen. Die fünf Zimmer mit Küche und Bad müssen sie aber mit zwei Flüchtlingsfamilien teilen. Kurt S. fährt mit dem Fahrrad zum Hamstern in die Fränkische Schweiz. »Viel«, erinnert sich Käte S., »hat er von seinen Ausflügen aber nicht mitgebracht. Gehabt haben wir nichts. Kein Geld, keinen Besitz, wenig zum Essen, wenig zum Anziehen. Aber das Schlimme war vorbei. Das Dritte Reich, der Krieg. Es ist mir wie ein Alptraum vorgekommen, der von Tag zu Tag blasser wird. Unser Leben war wieder schön.«

Am 30. September und 1. Oktober verkündet das Gericht die Urteile. Hjalmar Schacht, Franz von Papen und Hans Fritzsche werden freigesprochen. Zum Tod durch den Strang werden verurteilt: Hermann Göring, Joachim von Ribbentrop, Wilhelm Keitel, Ernst Kaltenbrunner, Alfred Rosenberg, Hans Frank, Wilhelm Fritz Sauckel, Alfred Jodl, Arthur Seyß-Inquart, Wilhelm Frick, Julius Streicher. Lebenslängliches Gefängnis: Walter und Erich Raeder, Funk und Rudolf Heß. Karl Dönitz wird zu zehn Jahren Gefängnis verurteilt, Baldur von Schirach zu zwanzig Jahren, Albert Speer zu zwanzig Jahren, Constantin von Neurath zu 15 Jahren. Am 1. Oktober 1946, nachmittags um halb vier, endet die Sitzung des Internationalen Militärtribunals. Die Todesurteile sollen in der Nacht vom 15. auf den 16. Oktober vollstreckt werden. Am 15. Oktober, spätabends gegen 22 Uhr, wird Hermann Göring in seiner Zelle tot aufgefunden. Er hat sich mit einer Zyankalikapsel umgebracht. Die anderen zum Tod Verurteilten werden nach Mitternacht, innerhalb von drei Stunden, von dem amerikanischen Master-Sergeant John C. Woods aus San Antonio in Texas in der Turnhalle des Justizpalastes gehängt. Die letzten Worte des »Frankenführers« Julius Streicher auf dem Weg zum Galgen: »Heil Hitler, Heil Hitler«. Die Leichen wurden noch am gleichen Morgen nach München gefahren und verbrannt, die Asche wurde an einem geheimen Ort verstreut. Inzwischen kennt man den Ort – ein kleiner Bach im Münchner Stadtviertel Solln, nicht weit von der Isar entfernt. In der

New York Times stand einen Tag später: »Die Asche der Schuldlosen und die Asche unaussprechlicher Verbrecher besteht aus den gleichen Elementen, verweht von den gleichen Winden, vermengt in den gleichen Wassern. Und inmitten unseres dunklen Tales müssen wir jetzt hoffen und beten für das Gedeihen einer neuen Welt.«

Käte und Kurt S. haben zu ihren zwei Kindern noch einmal einen Sohn und eine Tochter bekommen. Die Eheleute werden in den nächsten Monaten 80 Jahre alt, sie leben immer noch in ihrer Wohnung in Mögeldorf. »Man muß immer über diese Zeit damals reden«, sagt Käte S., »solange sich noch jemand daran erinnert. Und man muß versuchen, zu begreifen und zu lernen. Sonst hat ein Leben keinen Sinn.« Und eines ihrer vier Kinder sagte: »Wir sind so geborgen und so frei wie möglich aufgewachsen. Und wir wissen, was Toleranz und gegenseitige Achtung im Leben bedeutet. Nämlich alles.«

Ein Zehnmarkschein für Jaroslav H.

Nürnberg ist jünger als Fürth, dreimal so klein wie München, niedriger als Rosenheim, kälter als Würzburg und staubiger als Feucht. Von dem Fluß, an dem Nürnberg liegt, weiß man fünfzig Kilometer entfernt schon nicht mehr, ob er Regnitz, Pegnitz oder Rednitz heißt. Er heißt die Bengerz und ist von seiner Quelle bei Neuhaus bis zu seinem Zusammenfließen bei Fürth mit der Rednitz zur Regnitz mit Papierschiffchen befahrbar. Manchmal schwimmen auch Forellen in ihm, Rauhhaardackel oder die ursprünglich aus Hamburg stammenden Möwen.

Nürnberg ist eine Stadt wie jede andere auch. Darüber hinaus war sie wegen der Beharrlichkeit von Bürgern, Burg und Butzenscheiben des Deutschen Reiches Schatzkästlein. Das hat es in der Nacht des 2. Januar 1945 aufgehört zu sein. Als alliierte Bomber die Altstadt, die Südstadt und Teile der östlichen Stadtviertel in Schutt und Asche und Blut legten. Der »englische Gruß« – in seiner Eigenschaft als Antwort auf den Hitlergruß, die Quittung für zwölf Jahre Gleichschritt.

Nürnberg ist eine Stadt wie jede andere auch. Eine Spielzeugburg voll mit Pfeffersäcken und Patriziern. Ein Umschlagplatz für Tuche, Gewürze und Schüttelschecks. Eine Metropole für Missionare aller Art, die Waffenschmiede der Kaiser. Aber glücklicherweise auch die Waffelschmiede von Hans Sachs, Gegenstand verschiedener Romane von Jakob Wassermann, vorübergehender Aufenthaltsort von Hermann Kesten.

Die Stadt ist auf Sand und Sandstein gebaut. Man geht auf ihren buckligen Gassen manchmal wie auf Reißnägeln und manchmal wie auf einem Daunenzudeck. Wir waren schon immer wendig, windig und wichtig. Wir haben die Zeichen der Zeit stets erkannt und sie rechtzeitig wieder unter unseren Gartenzwergen im Heimatsand vergraben. Wir schreiben an Gostenhofer Hauswände »Freiheit für Franken« oder aber auch »Türken raus«. Und schmeißen aus Gründen des teilweise in Nürnberg erfundenen Humanismus dem tschechischen Ziehharmonikaspieler Jaroslav H. einen entschieden zu hoch gegriffenen Zehnmarkschein in den Hut.

Nürnberg ist eine Stadt wie keine andere auf der Welt. Wenn man sich ihr nähert nach langer Zeit, werden einem unter anderem auch die Innenseiten der Hände feucht, so daß ein eventuell zur Begrüßung mitgebrachter Veilchenstrauß nicht verwelkt.

Kerr & Co.

Fast eine halbe Million Einwohner dicht, Schulter an Schulter mit Fürth, zwischen Autobahnen und Reichswald gelegen, früher Königshof, dann Bayerns Hinterhof und neuerdings Drehscheibe zwischen Ost und West auf Lauerstellung, Bratwurst-City, ehemals des Deutschen Reiches Schatzkästlein und ehemals auch des sogenannten Dritten Deutschen Reiches Paradestadt und anschließend Totenkammer: Das ist Nürnberg.

Wenn einer von hier stammt, in der (urkundlich 25 Jahre früher erwähnten) Ostvorstadt Mögeldorf aufgewachsen ist, die Nordvorstadt Ziegelstein als Reserveheimat noch allzeit bereit im Herzen deponiert hat, wenn er, nur einmal angenommen, den ersten Kuß im Leben im alten Club-Bad in Zabo und die ersten Schelln in der Schule am Egidienberg empfangen hat, dann ist für ihn Nürnberg die schönste Stadt der Welt. Loslösen von der seligen oder unseligen Vergangenheit kann sich so ein Nürnberger aber bei allem Jubel immer noch nicht.

Viel hätte nicht gefehlt, dann wäre die Stadt für die halb zwangsweise, halb freiwillige Zuneigung zu ihren Schlächtern zu »lebenslänglich« bestraft worden. Der Dichter Alfred Kerr hatte nach Kriegsende vorgeschlagen, die fast vollständig zerbombte Altstadt als Ruinen-Ensemble stehenzulassen. Das neue Nürnberg hätte nebenan aufgebaut werden sollen. Ein Mahnmal zu Unehren der perversen Nazi-Ideologie, ein Gedenkschuttplatz zur Erinnerung an die Hirnrisse der braunen Bagage.

Alfred Kerrs diskussionswürdiger Vorschlag in allen Ehren: Aber die von den Toten auferstandene Stadt ist mit all ihren Bausünden halt doch tausendmal schöner als ein verwittertes Mahnmal gegen das zwölf Jahre währende Tausendjährige Reich. Daß in der Altstadt keine neue Hybris aufkommt – dafür wird schon gesorgt.

So eruierte im Jahr 1989 eine deutsche Zeitschrift für das gehobene Management rein wissenschaftlich, daß Nürnberg schon wieder auf dem letzten Loch pfeift. Es gibt lediglich einen einzigen Golfplatz, und der hat nur neun Löcher, die Luft ist vor allem bei den verschiedenen Kirchweihen ab Juni ziemlich bleihaltig, die Bratwürste sind zu klein, der Ureinwohner ist ein Muffel, das Wetter schlecht, der Boden zu staubig und die Architektur zu einfältig. Das Forschungsergebnis war aber nur zum Teil niederschmetternd. Zwar erreichte die Stadt in der Untersuchung aller deutschen Großstädte mühelos den letzten Tabellenplatz, doch gleich danach erhöhte sich wie von Geisterhand die Einwohnerzahl. Daß die Stadt mit ihrer Szene überschaubar ist, mag schon stimmen. Aber daß hier jeder jeden kennt, ist stark übertrieben. Außer der Überschaubarkeit und den Bratwürsten gehören zu den Nürnberg-Klischees noch: Lebkuchen, der betende Hase von Dürer aus Plastik, Veit Freistoß (eine Mischung aus Veit Stoß und dem 1. FC Nürnberg), Kaiser Karl, Karl Wittmann, Walter Kipfer, Kaspar Hauser, die Gotik, Spiel- und Spülwaren, Adam Kraft, Peter Henlein und die Folgen für die Firma Rolex, der Stop-and-go-Tick, Hans Sachs, die Burg, der häßliche Schöne Brunnen, der Nürnberger Fleiß, der Nürnberger Witz, die Nürnberger Liebe zu Fürth und umgekehrt, die Nürnberger Marktfrauen und der Nürnberger Trichter. Vom Nürnberger Christkindlesmarkt ganz zu schweigen.

Nürnberger Leiden

Der Nürnberger und die Nürnbergerin hüten ihre Minderwertigkeitsgefühle sorgfältig und leiden fröhlich an folgenden Gemeinheiten: daß die Regierungshauptstadt von Mittelfranken Ansbach ist, daß Nürnberg überhaupt keine Hauptstadt ist und deswegen in Lobpreisungen nur immer Frankenmetropole genannt wird, daß Siemens seine Werke nach dem Krieg in Erlangen errichtet hat, daß München leuchtet und Nürnberg nach Meinung seiner Bewohner höchstens glimmt, daß Fürth älter ist, daß es hier fast genausoviel regnet (750 Millimeter im Jahr) wie in Salzburg, der Nürnberger Regen aber überhaupt nicht berühmt ist.

Mit ihren Leiden leben die Nürnberger schon seit dem elften Jahrhundert in trauter Eintracht zusammen und sind damit sogar sehr zufrieden. Der Nürnberger ist anschmiegsam in seine Landschaft gebettet: Auf dem Sandboden wachsen Moos und ein bißchen Filz, Fichten, Föhren (der sogenannte Steckerlaswald), Baumschäden und Betonhochhäuser, architektonisch leicht vernachlässigte Vorstädte und eine Altstadt voller Butzenscheiben und Bratwürste.

Die höchsten Erhebungen sind der Burgberg, der Schmausenbuck und der Fernmeldeturm. Mitten durch die deutsche Großstadt (Ranglistenplatz 13) mit dem angenehmen Kleinstadt-Flair schlängelt sich ein der Stadt angemessener Strom namens Pegnitz (sprich: Bengerz), der noch kurz vor Erreichen der Stadt mit einem kräftigen Anlauf durchaus übersprungen werden kann. Die Pegnitz, früher die Lebensader der Stadt, ist heute leicht verschmutzt, soll sich aber inzwischen durch viele klärende Gespräche auf dem Weg der Besserung befinden.

In Fürth, oder wo

Es gibt Nürnberger, die ihr ganzes Leben lang noch nicht in Fürth waren, und auf ihre Stadtwurst-Philosophie auch noch stolz sind. Es gibt Gostenhofer Meteorologen und ihren Standard-Wetterbericht: »Alles, wos vo Färdd kummd, is es schlechde Wedder.« Es gibt die Autofahrer, die zwei Millimeter auf ihren Vordermann auffahren und dann angesichts des FÜ auf dem Nummernschild gequält aufschreien: »Ner gloor, ä Färdder!« Es gibt den schon von den Urgroßeltern überlieferten Spruch: »Haid is die Färdder Schdrass gschbeerd, wall der Blousoorsch vo Färdd lernd es Roodfoohrn.« Und dann gibt es noch die in Fürth lebenden Menschen, die überhaupt nicht daran denken, auf die gesammelten und ungereimten Borniertheiten eine weitere draufzusetzen. Mit dem vor allem in Nürnberg geprägten Klischee vom Dauer-Depp kommt der Fürther Mensch ganz gut zurecht, wohl wissend, daß es hinten und vorne nicht stimmt.

Fürth ist älter als Nürnberg. Es gibt eine Urkunde aus dem Jahr 907 über einen »Platz an der Furt«, anläßlich eines Immobilientausches von König Ludwig IV. signiert, dem die Historiker aber nicht so recht trauen. Furten hat es im Land ja reichlich gegeben. Aber dafür besteht dann kein Zweifel mehr, daß Heinrich II. in einer Schenkungsurkunde am 1. November 1007 mit dem »Ort der Furt«, den Königshof an der Rednitz kurz vor dem Zusammenfluß mit der Pegnitz zur Regnitz gemeint hat. Mit dem in der Urkunde besiegelten Verscherbeln an den Domprobst von Bamberg war aber auch die Rolle der Fürther, vorläufig fast für ein Jahrtausend im Schatten der übermächtigen Nachbarstadt zu leben, beschlossen und unterschrieben.

Im späten Mittelalter bestimmten nicht die Fürther ihr Geschick, sondern die Dompröbste von Bamberg, die brandenburgischen Ansbacher Markgrafen und die Patrizier der Reichsstadt Nürnberg. Bis zum Ende des 17. Jahrhunderts verwalteten das Städtchen zwei Nürnberger Bürgermeister und zwei aus Bamberg. Im Jahr 1719 waren es drei Stadt-Chefs aus Nürnberg, drei aus Bamberg und drei aus Ansbach.

Weil die Fürther eben keine Deppen sind, wuchs der Widerstand gegen soviel fremde Obrigkeit im Oberstübchen. Die Handwerksordnung in Fürth war liberaler, die Haltung gegenüber andersdenkenden oder andersgläubigen Menschen toleranter. Als es die Nürnberger Juden nach zwei Pogromen in der Freien Reichsstadt nicht mehr gab, hunderte von ihnen ermordet wurden und ihr Vermögen kassiert war, siedelten sich die Flüchtlinge, die das Massaker überlebt hatten, in Fürth an. Die Fürther Judengemeinde war eine der größten in Deutschland. Was die Vorurteile gegen die Stadt vor allem beim Aufkommen der Hitler-Ideologie nicht gerade verminderte.

»In Fürth, in Fürth«, dichteten die Nazi-Dümmlinge, »da gibt's viele Juden und viel Wirt.« Und seit den verheerenden Luftangriffen auf fränkische Städte am Ende des Zweiten Weltkrieges hält sich das bösartige Gerücht in Nürnberg immer noch: Fürth wurde verschont, weil die halbe Stadt den meist nach Amerika emigrierten Juden gehörte.

Den restlichen Vorurteilen aus der neueren Zeit möchte man schon zustimmen: In Fürth gibt es die schöneren Mädchen, die besseren Wirtshäuser, die schmackhafteren Karpfen und die lustigere Kirchweih.

Selbstverständlich gibt es auch immer noch den zähen Widerstandskampf gegen die nachbarliche Hybris. Als Anfang der achtziger Jahre wegen hoffnungsloser Überschuldung das Schicksal der altehrwürdigen SpVgg Fürth und der Verkauf des Ronhofes zur Disposition stand, da kam von einem Vereinsmitglied der Vorschlag, die Heimspiele zukünftig im Nürnberger Stadion auszutragen. Was den damaligen Schatzmeister zu der Antwort veranlaßte: »Eher wird der Papst katholisch, als daß die SpVgg Fürth im Nürnberger Stadion spielt.«

Orte

Schlehenblüten und Schießscharten

Das schönste Stück Grün der Stadt war eigentlich für die Häßlichkeit gedacht. In dem Graben rund um die anscheinend sehr schützenswerten Monstren der Sebalduskirche, der Lorenzkirche, der Frauenkirche und der klösterlichen Selbstbeweihräucherungsanstalten sollten eigentlich Menschen sterben.

Von heißem Pech übergossen, von Brandfackeln angezündet, von Armbrustpfeilen durchlöchert, von Musketenkugeln zerfetzt, vom Entsatzheer von hinten über den Haufen geritten, im Fall der Gefangennahme gevierteilt, gerädert, geköpft, erhängt – für solche Todesarten war der von schlauen Festungsingenieuren erdachte Stadtgraben vorgesehen.

Hin und wieder erfinden Rüstungsspezialisten, ohne daß sie es ahnen, duldsame Einrichtungen, und es lösen sich Grausamkeiten in Wohlgefallen auf. Über den Burggraben ist Gras gewachsen. Außerdem blühen dort Birnbäume, Zwetschgenbäume, Apfelbäume, Schlehen und Linden. Im Sommer singt der alte Willy Michl dort seine neuen Lieder, im Herbst betten sich unter die spätgotischen Nischen vier bis fünf Sandler, im Winter fahren türkische Kinder auf ihren Büchertaschen solange Schlitten den Graben hinunter, bis unter dem Schnee schon der braune Dreck wieder rauskommt. Im Frühling treibt es pressante Dackel, eilige Liebespaare und den ersten Vorsitzenden der Gartenkolonie Schneppergraben in das Souterrain der Stadt. Eine weitgehend ungeordnet bewachsene Untergrundbahn für Unterprivilegierte.

Wehrbegeisterte Historiker prahlen damit, daß der Wassergraben ohne Wasser mit seinen Vorschanzen und Zwingern, Pechnasen und Schießscharten, Türmchen und Sandstein-Ungetümen vom Feind nie eingenommen worden ist. Da irrt der Sandkasten-Stratege. Denn weite Teile des Grabens sind heute vom Asphalt eingenommen, und im Januar 1945 hat sich der Feind nicht mehr an die mittelalterlichen Angriffsspielregeln gehalten. In der Nacht des 2. Januar flogen sechshundert Flugzeuge der alliierten Streitkräfte über die Stadt und warfen in nicht einmal sechzig Minuten Sprengbomben ab, Minenbomben, Splitterbomben, Leuchtbomben, Signalbomben und Brandbomben. Die Nacht, in der Nürnberg starb.

Blindgänger finden sich heute noch in Gestalt von Wehrsportgruppen, Neo-Aufrüstern und Alt-Faschisten, werden aber nach ihrer vermeintlichen Entschärfung dann nicht mehr ernst genommen. Im Burggraben kann man Granatsplitter-Löcher zählen, die Pegnitz rauschen hören, den Ratten auf ihrer Wanderschaft zuschauen.

Von der Großmutter mütterlicherseits

Die Aussichten sind schlecht. Vom Johannisfriedhof aus siehst du durchs Efeu drei Fabrikschlöte, den Gaskessel, das Heizkraftwerk, den Fernmeldeturm und das geräucherte Stück Himmel im Süden der Stadt, wie es sich über lebende Menschen senkt. Während die Epithaphe und die Sandsteinplatten und erst recht die Gebeine ruhen, siehst du auf der anderen Seite des Friedhofs draußen den Fortschritt. Die Fenster des Krankenwagens beschlagen von innen, die Sirene erstickt im Nebel. Die braunen Blätter von den Linden verfaulen so oder so, auch ohne den Herbst.

Der Johannisfriedhof war ein Pestfriedhof. Durch den Efeu sieht man die Stadtsparkasse, das Klinikum und weiter weg im Osten einen Supermarkt. Wenn man seufzt, seiht man in der frühen Dezemberluft den Atem. Kleine Rauchzeichen hinter glasig gefrorenen Rosenbäumen.

Der Johannisfriedhof ist in den Monaten von Oktober bis März von acht bis siebzehn Uhr geöffnet, in den Monaten April bis September von sieben bis neunzehn Uhr. Das Rauchen ist verboten. Das Hauchen im Frost ist gerade noch gestattet. Johannes der Säufer muß um diese Zeit bereits seine Heimat für eine Nacht im Obdachlosenasyl an der Großweidenmühle verlassen. Sechs Uhr Wecken, sieben Uhr Frühstück, acht Uhr Abmarsch zu den Menschen. Unter der Brücke ist es schon zu kalt. Auf den Wiesen liegt Schnee mit kleinen Rußtupfern drin, beim Karstadt an den Schwingtüren, wo die Warmluft kostenlos verteilt wird, da haben sie gerade noch auf dich gewartet. Die Warmluft ist für die vornehme Kundschaft.

Auch der Tod von Johannis ist ein vornehmer Tod. Er vermittelt ein Stück abendländischer Kulturgeschichte. So steht es im Prospekt. Gehst du also durch die Schneeflocken um die blutrote Johanniskirche, dann kannst du folgendes lesen: »Dem Andenken seiner toten Helden, siebenunddreißig Offiziere, zweihundertfünfundzwanzig Unteroffiziere, zweitausendeinhundertneunundsechzig Mannschaften in Dankbarkeit und Ehrfurcht, 1914 bis 1918. Mögen aus ihren Gebeinen dem Vaterland Befreier erstehen.« Oder du liest verblichen auf verwittert: »Für Kaiser, Reich, König und Vaterland«. Und du liest zum Schluß der Runde um die blutrote Kirche im weißen Schnee: »Möge die Nachwelt ihre Taten nie vergessen.« Habe die Ehre, abendländische Kulturgeschichte. Man findet an den Außenwänden der Johanniskirche keine Gedenktafeln für getötete Frauen, Kinder, keine für erfrorene alte Menschen, keine für Bomben, Schutt und Asche und keine Gedenktafeln für ermordete Juden. Möge also die Nachwelt die Taten unserer Generäle, die meist an Altersschwäche starben, schnell vergessen.

Wie die Pest von der Stadt in den Friedhof gegangen war und für einige Zeit verschwand, wie also das Leben wieder zurückkam, da erwarben sich vor allem Patrizier ihre allerletzte Immobilie auf dem Johannisfriedhof. Der Johannisfriedhof ist ein vornehmer Friedhof. Mit kleinen Ausnahmen. Käthe D., geborene L., gestorbene Hausfrau, und Betty S., geborene L. Die beiden Schwestern waren keine Fabrikbesitzer und entstammten keiner Patrizierfamilie.

Aber sie haben zwei Kriege durchlitten, sie haben Bombennächte gesehen, sie sind in Luftschutzbunkern gesessen, sie haben um das Leben ihrer Kinder und ihrer Männer gezittert. Sie gehörten zu denen, denen keine Gedenktafel je gegossen wurde. Möge die Nachwelt ihre Taten nie vergessen.

Ich sehe ein Bild von meiner Großmutter. Im Sonntagsstaat mit dem Großvater auf dem Spaziergang um den Burggraben. Am Hallertor, die Burg im Hintergrund, haben sie sich fotografieren lassen. Das Beste haben sie sich für den Tod aufgespart. Betty L., gestorbene S., und Käthe L., gestorbene D. haben sich mitten unter Patriziern, Fabrikbesitzern, Großgrundherren und arrivierten Künstlern am Johannisfriedhof ein Grab gekauft. Im Winter liegt Schnee auf ihren Grabsteinen, im Sommer blühen rote Geranien und rote Rosen und blaue Vergißmeinnicht.

Der Johannisfriedhof ist mit Grabsteinen gepflastert, also sandsteinerne Trostpflaster, an der Johanniskirche sind die Sprüche vom Vaterland und vom süßen Tod in Eisen geklopft, ihre Erfinder also sind Sprücheklopfer, im Sommer ist Johanniskirchweih und an Johanni ist die Spargelzeit zu Ende. Und am Steinschreiberhaus steht geschrieben, daß man Blumen für die Toten weder in Konservenbüchsen noch in Plastikdosen noch in Einmachgläsern auf die Gräber stellen darf. Denn der Johannisfriedhof ist von Amts wegen kein Allerweltsfriedhof.

Die Angst der Friedhofsverwaltung aber scheint unbegründet, daß eine alte Allerweltsfrau einen Nelkenstrauß aus dem Abfallkübel vom Hauptmarkt in einem Joghurtbecher auf den Grabstein stellt. Auf Grabsteinen von Patriziern stehen keine Joghurtbecher und keine Einmachgläser. Und die Leichenfeiern in den Wirtshäusern links und rechts von der Johannisstraße, das sind Feiern für Leichen vom Westfriedhof. Am Johannisfriedhof stehen die Leichen unter Denkmalschutz, und die Gießkannen sind nachts bei Mondschein aus purem Gold.

Hinter Gittern – ein Jubiläum

Überall heißen Ansammlungen von ausbruchsicher vergitterten Wapiti-Hirschen, Rotgesicht-Makaken, Breitlippennashörnern, Zwergflußpferden und Flachland-Gorillas »Zoo«. Nur in Nürnberg heißt der Zoo nicht Zoo, sondern Tiergarten. Das Wort Tiergarten klingt viel schöner, es klingt nicht nach wissenschaftlicher Beobachtungsstation für gezähmte Wildpferde, nicht nach Schimpansenknast und Zuchtanstalt für ostsibirische Gummibärchen. Ein Zoo ist was Strammes, Geordnetes. Ein Zoo ist ein Leids-Ordner. Auch wenn es dem Tiergartendirektor rein zoologisch gesehen bei solchen Standortbestimmungen die Schuhe auszieht: Der Nürnberger Tiergarten ist glücklicherweise ein in Ehren verkrauteter Schrebergarten, zufällig mit Elefanten drin.

Entstanden ist der Nürnberger Tiergarten nicht gerade in Ehren. Der alte Tiergarten am Dutzendteich ist den Nazis bei der Planung der Weltrevolution in der Architektur im Weg gestanden. Der Tiergarten mußte ausquartiert werden, denn mit Recht hatte Albert Speer vielleicht befürchtet, daß sonst an einem Reichsparteitag aus Versehen am Herrn Führer eine wildgewordene Affenherde vorbeiparadiert und zum deutschen Gruß feierlich den Schwanz hebt. Oder sich gar eine Wildsau unter den Würdenträgern verirrt und weiter gar nicht auffällt. Das ist der Grund, warum die Tiergartenverwaltung ihre Käfige auf den Schmausenbuck verlegen mußte, wo sie am 5. Mai 1939 feierlich eröffnet, aber nicht geöffnet wurden.

Somit feiert der Nürnberger Tiergarten jetzt seinen fünfzigsten Geburtstag, auf den er stolzer sein kann als auf seine Geburt. Die Nazis als Taufpaten, das macht für fröhliche Geburtstagsreden zum Jubiläum nicht sehr viel her. Fast hätte der Nürnberger Tiergarten sechs Jahre später schon wieder umsiedeln oder für immer schließen müssen. Ein Teil des Bombardements auf die Stadt, kurz vor Kriegsende, war wohl eher aus Versehen oder wegen der Nähe des Wasserwerkes auf das große Freigehege niedergegangen, hatte fast alle Tiere getötet, die Gebäude zerstört.

Ludwig Löb, Chef der Tierpflege und dienstältester Beamter am Schmausenbuck, feiert mit dem Tiergarten Jubiläum, allerdings erst sein vierzigjähriges. Der Inspektor hat am 1. September 1949 als Tierpflegerlehrling angefangen. »Ich weiß noch«, erinnert er sich, »wie das nach dem Krieg war. Es hat ja nichts zum Essen gegeben. Da sind die Gefangenen von der Russenwiese nach ihrer Freilassung in den Tiergarten gekommen und haben Tiere getötet, daß sie was zum Essen haben.« Betriebshof, Affenhaus, Nilpferdhaus, Kamelhaus waren abgebrannt und lagen in Schutt und Asche. Der klägliche Rest des Tiergartens, ein Schlachthof. Die Menschen, die von den Hitlerhorden als sogenannte Fremdarbeiter im Osten der Stadt eingepfercht gehalten wurden, stillten nach der Befreiung im Tiergarten ihren Hunger, ihre Wut, ihre Verzweiflung.

Nach wenigen Jahren war über das Grauen, über die Kadaver im Sinne des Wortes Gras gewachsen, die Bombentrichter zugeschüttet. In den ersten Prospekten am Anfang der fünfziger Jahre war schon nichts anderes mehr zu lesen als Idylle: der schönste Tierpark Europas, die einzigartige Landschaft in den ehemaligen Sandsteinbrüchen, die Vielfalt der exotischen Tierwelt.

Ein paar Jahre lang dienten einige der nicht zerbombten Häuser und Hütten auch als vorübergehender Wohnsitz für städtische Beamte und Politiker. Karl Birkmann, der erste Nachkriegsdirektor des Tiergartens, hatte am Schmausenbuck eine Wohnung bezogen, Otto Ziebill, Nürnbergs erster gewählter Oberbürgermeister, lebte im Verwaltungsgebäude, und Stadtbaudirektor »Daddy« Schneckendorf hatte einen Stall hinter dem Kamelgehege zu einem halbwegs komfortablen Eigenheim umgebaut.

Als der Tierpfleger Ludwig Löb 1952 seine Gesellenprüfung abgelegt hatte, waren außer ihm noch einundzwanzig Menschen im Tiergarten angestellt: elf Tierpfleger, fünf Handwerker und fünf Gärtner. Heute verwaltet der Inspektor Ludwig Löb fast einhundertzwanzig Arbeitsplätze. Die Nachkriegszeit hat keiner seiner Kollegen mehr erlebt. Die Zeiten, als die Nürnberger Tiergartenbesucher in Scharen kamen, um eine Mißgeburt, eine sechsbeinige Kuh, zu bestaunen, oder Europas einziges weißes Reh. Die Zeiten, als es für die Tiere, die den Krieg überlebt hatten, fast kein Futter gab und ein Tierpfleger-Stift jede Herrgottsfrüh die Hausrinder melken mußte. Einmal in der Woche kratzten die Tierpfleger im Faberwald rund um Dürrenhembach Moos und Flechten von den Bäumen und sammelten Heidekraut – Notration für die Rentierherde und für die drei Elefanten. Oder die Zeiten, in denen der Tierpfleger-Lehrling Ludwig Löb sechsundzwanzig Mark im Monat verdiente und seinen Lohn in sechsundzwanzig Ein-Mark-Scheinen ausbezahlt bekam.

Die Stars des Nürnberger Tiergartens waren damals die Elefanten, allen voran die alte Dame »Peggy«. Ihr Tod war Anfang der sechziger Jahre eine Woche lang das wichtigste Thema der Nürnberger Zeitungen. Die Elefantenkuh war nachts altersschwach in den Absperrgraben gestürzt und nach fünf Tagen trotz der intensiven Bemühungen von Pflegern und Tierärzten an den Folgen des Sturzes gestorben. Zu den Berühmtheiten am Schmausenbuck gehörte die Nilpferd-Dame Gretel, die den Krieg überstanden hatte und trotz ihres hohen Alters zur Aufzucht noch an den Frankfurter Zoo verkauft wurde. Für Schlagzeilen sorgte 1959 noch eine Elefantenkuh: Aus einem Waggon wurde damals die vom Transport todkrank gewordene Zirkus-Elefantin Rani geborgen und auf den Schmausenbuck gebracht. Wochenlang kämpften die Pfleger in Tag- und Nachteinsätzen um ihr Leben. »Und wie wir gedacht haben, sie ist über den Berg«, erinnert sich Ludwig Löb, »da ist sie in der Nacht gestorben.«

Wer sich im Kalender auskennt, wird wissen, daß das Gröbste von den alten Zeiten vorbei ist. Keine sechsbeinige Kuh mehr, kein weißes Reh, keine Peggy, die ihren Wärter mit dem Rüssel aus dem Graben zieht, kein Lama, das dem Lehrer Loos beim Wandertag der vierten Klasse aus vollem Hals was Grünliches aufs Auge spuckt. Die Sensationen sind heutzutage ein bißchen exotischer geworden, die Besucher sind mehr, was nicht nur den Direktor freut. Aber immer noch kann man an einem menschenleeren Wochentag mit der Dreier bis zur Endhaltestelle fahren und durch einen großen Schrebergarten hatschen mit Elefanten drin. Und glücklicherweise ist der vom großen Geld und allen anderen schlechten Geistern verlassene Zoo kein Zoo, sondern der Tiergarten.

Airport

Wie jeder weiß, ist der flugverkehrstechnische Nabel Frankens in Nürnberg-Nord, wo sich in Ziegelstein der Flughafen befindet. Wegen der zahlreichen worldwiden Verbindungen nach Paris, London, Zürich, Barcelona und Hof nennt man ihn auch Airport. Was viele Einheimische oft mit Abort verwechseln und weshalb sie an ihm rumstänkern möchten. Dabei ist erst kürzlich der Tower höher aufgemauert worden, so daß die Fluglotsen jetzt über die Büsche und Hecken hinweg die alle zwei bis drei Monate majestätisch hereinfliegenden Maschinen gut beobachten können. Im Nürnberger Airport kann man auch hinausfliegen, und zwar abends um elf Uhr, wenn er geschlossen wird. Durch die vielen internationalen Flugverbindungen werden fränkische Menschen aber oft in große Verwirrung gestürzt.

Den ungeübten Luft-Touristen erkennen wir bereits in der Schalterhalle an verschiedenen Äußerlichkeiten. Er erscheint meist in einer lindgrünen Hose, blauem Blazer und einem Sporthut vier bis fünf Stunden vor Abflug und sucht sich dann einen uniformierten Menschen. »Horng'S amol, Sie dou«, teilt er dann vielleicht einem Polizisten mit, »kenndn Sie mir vielleichd soong, wou daß dou der Fliicher nach Gembf häld. Mir fläing nemli nach Gembf. Gibds dou a Middoochessn?« Auch innerhalb des Flugzeugs erkennt man einen Franken sofort an seinem weltmännischen Auftreten. Er murmelt etwas wie »Iich hobs fiir mei Familie glei miidgnummer, däi kummer dou hindn« und schleppt mit rotem

Kopf an der erstaunten Begrüßungs-Stewardeß an jeder Hand fünf Lunch-Pakete vorbei. Später, während des Starts, weicht die Röte im Gesicht einem leichten Kalkanstrich, und nach etwa einer halben Stunde Flug fragt der Herr tapfer seinen Nachbarn: »Simmer scho in Färdd gween!?«

Nach einer weiteren Viertelstunde breitet sich dann aber schon eine bestimmte Zutraulichkeit aus. Man öffnet ein von daheim mitgebrachtes Marmeladenglas, randvoll mit Stadtwurst mit Musik, das dann anläßlich einer leichten Turbulenz dem Nachbarn in den Schoß fällt, so daß sich bei ihm um das Hosentürchen Zwiebeln mit Essig und Öl ranken. Es entspinnt sich daraus ein interessantes Gespräch über das Für und Wider von Reiseversicherungen, über Schadenersatzansprüche und über Essigverätzungen wichtiger Körperteile. Es endet mit der Landung in Paris.

Beim Rückflug macht sich der fränkische Luftfahrer dann schon mit der Technik der Maschine vertraut. Er schraubt an den Knöpfen, die über ihm angebracht sind, so daß es in seiner Umgebung plötzlich zehn Grad unter Null hat, möchte das Fenster öffnen und bringt, wie er austreten möchte, den Sicherheitsgurt nicht mehr auf. Nach der Ankunft in Nürnberg zahlt der Reisende für Parfüm, Zigaretten, Feuerzeuge, Kognak und eine falsche Rolex noch eine Zollstrafe in Höhe eines Monatseinkommens und teilt seiner vollständig zur Begrüßung erschienenen Familie weltläufig mit: »Gscheid schbeier hobbi mäin, kann Fensderbladz hobbi g'habd, in Baris gibds kanne Broudwerschd und es nexde mool werd widder middn Römming gfoohrn. Alles Rodscher!!?«

Champagner im Tropfer

Wie wir aus den zahlreichen Lobreden anläßlich der vielen Grundsteinlegungen, Teilrichtfeste, Nebenrichtfeste, Hauptrichtfeste aus den Häuptern vieler höchstgestellter Persönlichkeiten wissen, wird das neue Krankenhaus im Süden der Stadt ein Juwel sondergleichen. Es wird der Ausbund an Modernität und Humanität gleichermaßen. Nach äußerst vorsichtigen Schätzungen verschiedener schwerbeeindruckter Ministerpräsidenten, Regierungspräsidenten und Oberbürgermeister wird das Klinikum Süd auf jeden Fall das humanste Designer-Krankenhaus Deutschlands, beziehungsweise Europas oder aber auch der Welt. Nachdem von noch schöneren, formvollendeteren Krankenhäusern, zum Beispiel auf Venus, Jupiter oder Mars, bisher nichts bekannt ist, ist es höchstwahrscheinlich das beste Krankenhaus im Universum. Es gibt dort nur Einzelzimmer, außer den Zweibettzimmern, die wiederum durch Vierbettzimmer hin und wieder abgelöst werden. Die Vierbettzimmer haben die Funktion, daß sie im Patienten eine Sehnsucht nach einem Einbettzimmer erzeugen.

Weiter wird es zur Erbauung der Menschen dort lichtüberflutete Wandelhallen geben, Einkaufspassagen, herrliche Straßen-Cafés. Das Haptische, entnehmen wir einem Vorjubelbericht, soll die Oberhand gewinnen. Man wird also in diesen Einkaufspassagen auch die Möglichkeit haben, kostengünstige Fremdwörterbücher zu erstehen, um die psychophysische Parallelität im Fall von Lithotrypter, Lithostar und so weiter voll zu verstehen. In diesem neuen Krankenhaus werden uns die wie Englein durch die Klinikssträßlein schwebenden Oberschwestern jeden Wunsch von den Lippen ablesen, Professoren werden trotz ihres geringen Salärs Tag und Nacht an unserem Bett wachen und notfalls mit uns sogar Halma, Schiffla versenken oder gar Sechsundsechzig spielen.

Darf man den vielen Vorworten der Lobpreisungsgeschichten Glauben schenken – man darf es –, dann wird dieses schönste, größte, südlichste Süd-Klinikum aller Zeiten eine Attraktion in Stadt und Land, daß die Ärzte in der Umgebung mit dem Krankschreiben der vor ihren Türen lauernden Menschen gar nicht mehr nachkommen. Nicht nur jeder Schoppershofer, Ziegelsteiner, Gibitzenhofer oder Mögeldorfer will so schnell wie möglich in diesen haptischen Himmel auf Erden aufgenommen werden. Auch in den umliegenden Städten und Gemeinden wie München, Paris, Rom oder Stockholm wird sich eine große Sehnsucht nach dem Nürnberger Süd-Klinikissimum breitmachen, und es wird eine große Krankenhausflucht in Richtung Langwasser einsetzen. Viele Menschen haben die Nase gestrichen voll, daß sie ihre Krankheit auf Gängen, dunklen Fluren oder in Treppenhäusern auskurieren sollen, daß man ihnen statt den Blinddarm aus Versehen die Speiseröhre rausoperiert, oder daß sie nach ihrem Ableben dereinst feststellen müssen: Das Krankenhausessen war ein Mampf. Im Süd-Klinikum zu Nürnberg wird alles besser, höher, schöner, genauer, schneller, feiner, übersichtlicher. Jeder Patient liegt unmittelbar am Licht, jedem Patienten ist der eigene Naßbereich und sein Schrank zugeordnet – entnehmen wir einer herrlichen städtischen Infobroschüre. Wobei der jedem einzeln zugeordnete Naßbereich wahrscheinlich aus einem kleinen Swimmingpool besteht. Im Tropfer befindet sich Champagner, die von Feinkost-Käfer betreute Küche stößt täglich bis zu zwei Tonnen Kaviar aus. Vor den Zimmern werden durch einen Lichtzylinder natürlich belichtete Aufenthaltsszenen angeboten, die zum Kontakt mit anderen Patienten beitragen. Kontakt mit anderen Patienten, so wird jetzt vielleicht jemand einwenden, hat es auch schon in den früheren Acht-, Zehn- oder Zwölfbettzimmern in reichem Maß gegeben. Das stimmt, aber dieser Kontakt war durch keinerlei Lichtzylinder natürlich belichtet. Auch hier also ein enormer Fortschritt.

Nach vorsichtigen Schätzungen werden auf einen Patienten acht Oberärzte, vierzehn Schwestern, sechsundzwanzig Pfleger und zirka einhundertzwanzig verschiedene Rechnungen kommen. Bald nach der Einweihung des neuen Krankenhauses wird jeden Nürnberger eine Sehnsucht nach Schmerzen befallen, ein innerer Drang nach irgendeiner schweren Krankheit, damit er sich baldmöglichst hinaus in den lichtüberfluteten haptischen Süden schleppen kann. Oft werden wir in unserer Nachbarschaft in den Sommermonaten auf leergefegte Häuser stoßen und die Auskunft erhalten: »Sind alle mit dem Sanka in Urlaub nach Langwasser gefahren.« Zwei Wochen auf Narkose im Süd-Klinikum wiegen ein Vierteljahr Karibik bei weitem auf. Schon der frühere Ministerpräsident Franz

Josef Strauß hat das menschliche Maß dieses an ein Großes gemahnenden Krankenhauses gerühmt. Und unser Oberbürgermeister stellte schlicht fest: »Dieser Bau bleibt überschaubar, man wird sich in ihm zurechtfinden.« Es wird sehr schön sein, wenn man sich dort in seinem klassenlosen Ein-, Zwei- oder Vierbettzimmer zurechtfindet. Wegen des zu erwartenden großen Andrangs im Süd-Klinikum sollen noch bis Ende dieses Jahres Eigentums-Krankenscheine erstellt werden. Auch dies wieder ein großer Schritt in Richtung Zukunft der europäischen Gesundheitsstadt Nürnberg.

Zu allem Überfluß noch ein paar letzte Worte aus jener schon zitierten städtischen Broschüre, die durch ihre sagenhafte Bescheidenheit besticht: Eine besondere Bedeutung kommt in diesem Haus als kleiner Stadt den Innenhöfen zu. Sie sollen ihren eigenen Charakter haben und ausgezeichnete Orte im Organismus des Gebäudes bilden. So soll die Innere Medizin am Brunnenhof, die Chirurgie am Terrassenhof liegen. Das gilt auch für die kleineren Höfe der Pflegequadranten. So wird der Hof in der Pädiatrie im Bodenbelag die Form eines Labyrinths erhalten. Wir alle fragen uns also bang: Wann, wann werden wir endlich krank in unserem ausgezeichneten Organismus und in Form eines Labyrinths in die Nürnberger Pädiatrie, in den Brunnenhof oder in den Terrassenhof eingewiesen? Schon bei dem Wort Labyrinth schlägt unser Puls schneller, bald werden wir reif sein für das Krankenparadies, dem die Zukunft gehört wie alle unsere Organe.

Menschen

Berühmte und berüchtigte Nürnberger

Albrecht Dürer ist bekanntlich ein berühmter Sohn der Stadt Nürnberg. Möglicherweise ist der Maler und Grafiker (geboren am 21. Mai 1471, gestorben am 6. April 1528) zu seinen Lebzeiten auch ein bißchen als Stiefsohn behandelt worden. Immerhin hatten sich die Patrizier und ihre zwei Losunger – also so was Ähnliches wie der Stadtrat mit Bürgermeister und Oberbürgermeister – im Jahr 1520 geweigert, dem Künstler die von Kaiser Maximilian verfügte Jahresgage von hundert Gulden weiter auszuzahlen.

Was einerseits vom kleinkarierten Knausern der Stadtregierung zeugt, ist andererseits ein Indiz dafür, daß Albrecht Dürer am Höhepunkt seiner Karriere nicht am Hungertuch genagt hat. Die hundert Gulden Leibrente von kaiserlicher Huld und aus der städtischen Kasse entsprechen ungefähr 10 000 Mark. Sein Haus am Tiergärtnertor hatte Albrecht Dürer im Jahr 1494 kurz vor der Hochzeit mit Agnes Frey um 200 Gulden gekauft.

Aus dem Streit ums Honorar ist auch überliefert, daß entweder Albrecht Dürer oder aber seine für die Geschäfte mit der Kunst zuständige Agnes sehr hartnäckig war. Der Rat hatte die Zahlungen vor allem deswegen einstellen wollen, weil der Dürer-Sponsor Maximilian im Januar 1519 starb. Da reisten die Dürers ein Jahr später in die Niederlande, wo gerade der neue Kaiser hofhielt, und ließen sich das Recht auf Weiterzahlung der Jahresprämie von Karl V. bestätigen und abstempeln.

Als sehr wesentlich für die Schaffenskraft des Meisters gilt bei allen Dürer-Biografen ein gewisser Willibald Pirckheimer. Weil er im Gymnasium Griechisch gelernt und große Worte gelassen ausgesprochen hat, ist er in die Historie als Humanist eingegangen. Es darf aber auch vermutet werden, daß der Kumpel des großen A.D. ein ziemlicher Saufkopf und Rumzug war. Willibald Pirckheimers Keifen gegen Dürers Ehefrau (»Am Tod Albrechts war vor allem seine Hausfrau schuld, die ihn dermaßen gepeinigt hat, daß er lieber ganz schnell gestorben ist«) zeugt nicht gerade von tiefer Durchdringung humanistischen Geistesgutes. Die Frau Agnes wird den mittelalterlichen Playboy halt des öfteren aus dem Haus geschmissen haben.

Wenn Albrecht Dürer, der zeitweise wie am Fließband gepinselt hat, in seine Farben auch Herzblut einfließen hat lassen, dann in die beiden Bildnisse seiner Ehefrau. Beim Anblick des 1521 entstandenen Gemäldes Agnes Dürer und der Zeichnung *Meine Agnes* möchte man schon glauben, daß Albrecht Dürer seine Frau geliebt hat. Aber so geht das Leben: Dank der Mitteilungen des Humanisten Pirckheimer gilt Agnes Dürer bis heute als zänkisches Weib, und nach dem wilden Willibald, von Beruf vor allem Sohn, hat man in Nürnberg eine Straße benannt. Nach der Agnes Dürer nur eine Gasse.

Hätte der aus dem Schwäbischen stammende und später vorübergehend in Krakau tätige Bildhauer und Holzschnitzer Veit Stoß schriftliche Memoiren hinterlassen – die hätten sich die Nürnberger hinter den Spiegel stecken können. Den offenbar nicht so sehr geschäftstüchtigen Künstler (1450-1533) hatten zwei Textil-Makler um die stattliche Summe von 1200 Gulden übers Ohr gehauen. Um wieder in den Besitz seines Vermögens zu kommen, fälschte Stoß einen Schuldschein – und flog auf. Erst flüchtete er sich zu seinem Sohn ins Karmeliterkloster, dann wurde er von der Straße weg verhaftet und ins Lochgefängnis gesperrt. Trotz der Fürsprache des Kaisers wurde Veit Stoß wegen Urkundenfälschung verurteilt. Die Strafe: Mit einem glühenden Eisen werden dem Bildhauer beide Wangen durchstoßen.

Das berühmteste Werk des Künstlers, die aus Holz geschnitzte Maria samt Engel im Rosenkranz, fand zu Lebzeiten des Meisters auch keine Gnade. Der Protestanten-Prediger Osiander beschimpfte die Maria als »goldene Grasmagd« und verfügte, daß die Schnitzerei am Hauptaltar der Lorenzkirche mit alten Stofflappen verhängt wurde.

Weniger Schwierigkeiten beim Berühmtwerden hatten der Akkord-Dichter Hans Sachs (1494-1576), der vor allem für die Grabmäler der hochherrschaftlichen Patrizier (und längst verblichener Heiliger) zuständige Erzgießer Peter Vischer der Ältere (1460-1529), der Bildhauer Adam Kraft (1455-1509) und Peter Henlein (1485-1542), der angebliche Erfinder des Nürnberger Eies. Peter Henlein war allerdings nicht Inhaber einer Hühnerfarm, sondern gelernter Schlosser. In dieser Eigenschaft bastelte er die eiförmige erste Taschenuhr der Welt, was von anderen Taschenuhrerfindern allerdings bestritten wird.

Vager Überlieferung zufolge sollen Nürnbergs Künstler alle eine gemeinsame Basis gehabt haben, nämlich das für seine feinen Miniaturwürstchen und für süffiges Vollbier gleichermaßen bekannte Bratwurst-Glöckle, ein Handtuch von einem Wirtshaus, angepappt an die Moritzkapelle gegenüber der Sebalduskirche. Dort soll dem bereits erwähnten Humanisten Willibald Pirckheimer so manches Seidlein durch den schweren Kopf gegangen sein. Und angeblich haben die anderen Nürnberger Kulturträger auch immer einen Durst gehabt, der nicht von schlechten Eltern war. Diese der Kultur sehr förderliche Einrichtung gibt es leider nicht mehr. Nach der Bombardierung im Januar 1945 waren Moritzkapelle und Bratwurst-Glöckle dem Erdboden gleichgemacht.

Berühmte Nachkriegs-Nürnberger löschen heute Durst, Hunger und ihr Mitteilungs- und Sendungsbedürfnis nur ein paar Meter weiter südlich von der alten Künstlerkneipe im Bratwursthäusle. Ob man allerdings die dort nach Fraktionszwang sitzenden Stadträte, höhere Verwaltungsbeamte, Metzgermeister, die Erfinder des Lachsacks und des Dampfplauderns oder einen für seine Dichtkunst weniger bekannten Oberstaatsanwalt i.R. Hans Sachs einmal als Nürnberger Kulturträger bezeichnen wird, entscheidet die schon oft zitierte Geschichte erst in vier- bis fünfhundert Jahren.

Über eine Frau, die ihr kleines Bier meist im Stehen an der Gassenschänke des Bratwurst-Rösleins zu trinken pflegte, hat die Geschichte allerdings schon entschieden. Sie bleibt, die nächsten Jahrzehnte mindestens, Nürnbergs berühmteste

Marktfrau: Gunda Herbst – im Frühjahr 1989 segnete sie in ihrem Heimatdorf in der Fränkischen Schweiz das Zeitliche – hatte anläßlich eines kleinen Disputes um einen Parkplatz einen Nürnberger Polizisten geduzt und war dafür von der Justiz mit einer Haftstrafe belegt worden. Die Nachricht ging damals um die ganze Welt, und man hat in New York, Sidney, Hongkong, Toronto, London, Paris, Madrid und Fürth herzlich darüber gelacht.

Denkmäler gibt es nur für große Köpfe

Jede halbwegs weltberühmte Stadt gestaltet sich im Lauf der Jahrhunderte sogenannte Originale. Denn hin und wieder merkt es auch der Diplomingenieur, der Statiker, der Architekt, der Mann mit dem Reißbrett vorm Kopf, der Straßenplaner oder der Raumordnungsverfahrensbeamte wie auch der für die Ewigkeit forschende Infinitesimalmathematiker, daß eine Stadt zum unwesentlichen Teil, aber immerhin, irgendwie mit Menschen angefüllt ist.

Nürnberger Originale waren der Gänsgroong, die Schnaps-Germani, der Schusterbou, der Zeitungs-Karl, der Diddlasbadscher und der Gässlasgeicher. Also der Reihe nach ein Herr mit einem sehr langen Hals, der als Hilfspolizist rund um den Plärrer tätig gewesen sein soll, eine ältere Dame mit einem sehr guten Zug in der Gurgel, ein Zeitungsausträger, ein Schuhmacherstift und zwei düstere Erscheinungen, deren Tätigkeiten hinter Sträuchern, Bahndämmen und in dunklen Gassen strafrechtlich verfolgt werden. Von der Schnaps-Germania und dem Gänsgroong abgesehen haben die Originale wahrscheinlich nie existiert, ihre Herkunft liegt im Dunkel des städtischen Nachtgieker-Archivs.

Die mit großem Abstand berühmteste Nürnbergerin stammte aus einem kleinen Dorf am Westrand der Fränkischen Schweiz, thronte von den frühen Morgenstunden bis zum Einbruch der Finsternis am Hauptmarkt, verkaufte Schwarzwurzeln als Arbeitnehmerspargel, Vergißmeinnicht zum Sonderpreis, Meerrettich mit Tiefenschärfe und sprach eines Tages zu einem Polizeibeamten der Rathauswache die Worte: »Des konnsder mergn, du hosd mir ibberhabbs nix zon soong.« Der Polizist zeigte die Dame mit der bis dahin nur örtlich berühmten Schwertgoschn wegen Duzens einer Amtsperson an. Worauf die Gunda Herbst eine weltweite Persönlichkeit wurde. Die Geschichte von ihr und ihrem Duz-Feind konnte man in New Yorker Zeitungen lesen, in Hongkong, Paris, Stockholm und im Fränkischen Tag.

Im Frühjahr 1989 ist die Gunda in ihrem Heimatdorf beerdigt worden. Außer einem stattlichen Strafregister und ein paar Verbindlichkeiten beim Finanzamt sind von ihr die letzten Worte vor ihrem Tod überliefert: »Edz binni ball ba mein Herrgodd, zu dem derffi du soong, ohne dassi oozeichd wer.«

Als Original gilt vielleicht noch der Achtuhrblatt-Verkäufer vom Hauptbahnhof, der am Königstor beim Zigarren-Ertl anscheinend mit seinen dicken Filzstiefeln am Pflaster festgewachsen war und ein ganzes Leben lang gebrüllt hat: »Achtuhrblatt, wer noch keins hat, der kauft sich eins, dann hat er eins.« Seit Jahrzehnten hört man nichts mehr von ihm. Dort, wo er festgewachsen war, führt jetzt eine Rolltreppe zur U-Bahn. Anscheinend hat man ihm die Wurzeln ausgerissen.

Auf dem besten Weg zum Nürnberger Original befindet sich der frühere Stadtrat und eigengekrönte Altstadtkönig Horst Volk, von dem unter anderem die Übernachtung in einer Volksfestschiffschaukel mit jähem Erwachen bei Inbetriebnahme des Fahrgeschäfts am anderen Morgen überliefert ist. Horst Volk hat bereits verfügt, daß nach seinem Ableben ein Volk-Denkmal errichtet wird. Dieses Mahnmal mit der markanten Gestalt soll auf einem Ponton in der Pegnitz schwimmen, vom Schuldturm bis zum Kettensteg, und an einer eisernen Kette jede volle Stunde wieder zum Ausgangspunkt zurückgezogen werden. Dann müssen die Leute auf der Museumsbrücke stehen, eine Zeitlang warten und sagen: »Nu fimbf Minuddn, nou kummd der Volk widder die Bengerz roogschwummer.« Die Uniformierung der Stadt schreitet zwar voran, aber die Originale und Anarchisten sterben nicht aus.

Die zwei Peterlesboum

Man wird wohl wenige Menschen über vierzig im rotweißen, fränkischen Teil unseres weißblauen Freistaates finden, die den Karl Vogt und den Willi Händel, *Die zwei Peterlesboum*, nicht kennen. Die beiden Parade-Nürnberger mit ihrem lebenslangen Hang zum Tiefstapeln haben ihre Karriere eigentlich immer, wo es nur gegangen ist, unterdrückt. Glücklicherweise erfolglos.

Zum Beispiel erzählen sie einem anläßlich eines Dämmerschoppens in ihrem Stammwirtshaus, der *Waldschänke* in der Südstadt, daß sie ihre Lieder eigentlich nur für den Hausgebrauch dichten, daß ihre Frauen aber keine Hausmusik mögen, weil sie eine Stereoanlage haben, und deswegen haben der Karl und der Willi zum Singen in die Humboldtsäle gehen müssen. Nach dem zweiten Bier und nachdem der Willi einen frischen Gesundheitsfilter in seine vornehme Zigarettenspitze eingeschraubt hat, sagen sie, daß sie sich wundern müssen über die Begeisterung vom Publikum. Daß die Begeisterung möglicherweise mit der Qualität ihres Repertoires zusammenhängen könnte, darauf mochten sie beim dritten Bier wiederum nur ungern zu sprechen kommen.

Große Entertainer sind häufig große Container mit sehr viel Hohlraum. Die halten es dann so, daß sie jahrzehntelang dauernd die gleichen Lieder singen und zum Ausgleich dafür täglich und sorgfältig die maßgeschneiderten Kostüme wechseln. Bei den *zwei Peterlesboum* ist es umgekehrt. Einmal in zwölf

Monaten fällt ihnen ein neues Programm ein, und seit über zwanzig Jahre stehen sie im gleichen Kostüm auf der Bühne. Der Karl mit einer Schlapphose zum Hineinwachsen, einer Hutkrempe ohne Hut am Kopf und einem hübschen Janker aus dem französischen Haus Pierre Cardong, und der Willi im Fransen-Frack hinterm Mikrophon und im Gesicht mit einem furchterregenden Pappdeckel-Zinken, obwohl seine normale Nase auch nicht gerade von schlechten Eltern ist. Das Fernsehen haben sie trotz mehrfacher und ernsthafter Angebote mit Erfolg beinahe vermieden, und auch die branchenübliche Karriere in Amerika haben sie ausgelassen. Ihre musikalischen Blödeleien und Parodien gehören zum Schönsten, was die Nürnberger Vorstadt-Poetik zu bieten hat, und wenn es fränkische Chansons geben sollte, dann stammen sie aus dem Hause Vogt & Händel.

Der Karl wurde in Gostenhof geboren, der Willi am Peter, und sie haben sich auch später ihren Bereich so abgesteckt, daß sie für ihre Tourneen nie ein Flugticket brauchen, sondern lediglich einen Straßenbahnfahrschein. So kann man sie in der Saison in der Sechsundvierziger Halle hören, im Stadtparkrestaurant, im Bauernfeindsaal, in der Gartenstadt, und wenn es schon auswärts sein soll, dann singen sie in Fürth im Geismannsaal. Statt wichtig haben sie sich in über zwanzig Jahren lieber nicht so ernst genommen, sie haben sich gern rar gemacht und statt dick oft dünn, und so sind sie den Nürnbergern gemäß dem wahren Satz, daß gute Dinge halt ihre Zeit brauchen, ganz fest ins Gemüt gewachsen. Auch wenn sie es nicht gern hören, haben sie es verdient, daß man sie mindestens gleichberechtigt neben unsere Lebkuchen, die Bratwürste, den Club, die Butzenscheiben und andere Nürnberger Denkwürdigkeiten stellt.

Der Club

Der Glubb

Fränkische Merkwürdigkeiten, Phänomene, Ungereimtheiten und im restlichen Bayern kaum verständliche, sphinxartige Welträtsel gibt es in unserem Vorgartenzwergenreich wie Sand im Getriebe. Eine solche mit den Mitteln der Wissenschaft überhaupt nicht zu erklärende Erscheinung ist der 1. FC Nürnberg, um den fast in ganz Franken Samstag für Samstag Millionen Menschen bangen. Obwohl er im kleinen und ganzen lediglich aus elf wohlhabenden Jung-Unternehmern besteht, die nach allen Regeln der Kunst und nach den Gesetzen der freien Marktwirtschaft neunzig Minuten lang hinter einem Lederball herjoggen und anschließend ihre verschwitzten Leibchen ins Publikum schmeißen. Selbst der tiefsinnigste fränkische Mensch gerät dann in Verzückung und rennt über die Köpfe seiner Nachbarn, nur um den linken Dampfsocken eines rechten Verteidigers zu ergattern.

Der 1. FC Nürnberg wurde im Mai des Jahres 1900 von einer Handvoll Rugbyspielern gegründet, die angesichts der Entwicklung des Berufsfußballs ihre feierliche Vereinseinweihung von damals vermutlich wieder zurücknehmen würden, wenn sie noch könnten. Fußball-Profi und Fußball-Profit, Millionenschulden und Millionen-Gagen haben aber dem Ruhm des 1. FC Nürnberg im Lauf fast eines Jahrhunderts nichts anhaben können.

Seit Jahrzehnten sitzt der gemeine Flachpaß-Franke Samstag nachmittags im Stadion, vor dem Radio oder vor dem Fernseher und zittert um seinen Club. Mit allen drei Möglichkeiten des Ausgangs eines Fußballspiels ist der sogenannte Club-Fan gleichermaßen zufrieden. Bei einem Unentschieden sagt er: »Simmer frouh, daß mer nedd verluurn hom.« Bei dem seltener vorkommenden Sieg kann man das ebenfalls sehr seltene Schauspiel einer zweisekündigen fränkischen Ekstase erleben. Und nach einer (häufig vorkommenden) Niederlage pflegt der Fachmann hastig fünf Bier zu trinken und anzumerken: »Der Doldi von Glubb – haid binni es ledzde mool draußn gween!« Eine Drohung, die in den meisten Fällen nicht wahr gemacht wird.

Morlock, Kennemann und andere weinrote Helden

Wer sich über den Club das Maul zerfranst, muß lediglich über einen Grundwortschatz von ungefähr zehn majestätischen Wörtern verfügen. Sie lauten: ruhmreich, Stuhlfauth, Zabo, Flachpaß, Fürth, Kennemann, Meisterschaft, Schulden, Schelln, Morlock. Damit ist der historische Verlauf der 1. Nürnberger Fußballfabrik weitgehend abgedeckt.

Ruhmreich ist dieser Verein für Leibchenübungen immer in den Zeiten gewesen, an die man sich nicht mehr genau erinnern hat können. Also ungefähr immer vor zwanzig Jahren. Im Jahr 1968 zum Beispiel war der 1. FC Nürnberg außerordentlich ruhmreich, denn er ist damals durch die Weisheit, Klugheit, Schaffenskraft, Erhabenheit und Güte von Max Merkel, dem Erfinder des vollautomatischen Eigenlobs, Deutscher Fußballmeister geworden. Dieser erhabene Max Merkel hat sich dabei derart verausgabt, daß der Club bereits ein Jahr später ruhmreich aus der Bundesliga abgestiegen ist. Ein Kunststück, auf das der FC Bayern München heute noch neidisch ist. Aus dieser Ära stammt auch der Ausdruck, daß die Mannschaft auf dem Spielfeld wie ausgemerkelt wirkt.

Der Stuhlfauth Heiner liegt noch weiter zurück und war ein berühmter Torhüter, der in Zabo den Strafraum beherrscht hat. Heute wird dieser Strafraum in Zabo von viereckigen Hochhäusern und von einer malerischen Betonlandschaft beherrscht. Im Jahr 1966 ist der 1. FC Nürnberg nämlich aus seinem Sportpark Zabo ausgezogen und hat sich am Valznerweiher ein neues Quartier gekauft. Unter anderem ist damals auch das alte Clubhaus schräg gegenüber von den Schloß-Lichtspielen abgerissen worden. Am neuen Clubgelände ist in der bekannten fränkischen Flachdach-Bauweise wieder ein Vereinsheim errichtet worden, das in seiner anheimelnden Atmosphäre unter anderem auch stark an das Straßenbahn-Haltestellenhäuschen am Plärrer erinnert hat und von Fachleuten als Jahrhundertbauwerk eingestuft worden ist. Es hat jetzt wegen eines weiteren Jahrhundertbauwerks abgerissen werden müssen. Daraus ist ersichtlich, daß ein Jahrhundert heutzutage nicht einmal mehr dreißig Jahre dauert und wir uns anscheinend in einer schnellebigen Zeit befinden.

Wir nähern uns sodann dem Ausdruck Flachpaß. Dieser bis weit in die Oberpfalz hinein berühmte Nürnberger Flachpaß stammt aus der Zeit, wo die Fußballtrainer noch nicht intellektuelle Geheimnisträger auf der wissenschaftlichen Basis von dreißigtausend Mark netto im Monat waren, sondern Menschen wie du und ich oder der Eichhorn Hans. Man hat sich damals mangels Gehirnwindungen noch keine Gedanken machen können über Forechecking, Pressing oder Bauernplay, ob man mit vier Toren am Platz spielen soll, mit neun bis zehn Liberos und ohne Abseits. Sondern das Geheimnis des Nürnberger Flachpasses hat darin bestanden, daß der Trainer in der Kabine seinen Spielern in der Landessprache mitgeteilt hat: »Also Männer, dassder Bescheid wissd – haid werd flach gschbilld und houch gwunner. Andernfalls gibt's Trümmer

Schelln.« Diese Ansprachen waren in keiner Weise wissenschaftlich untermauert, aber wirkungsvoll.

Schelln hat es für die Nürnberger Filigranfußballer häufig auch in Fürth gegeben. Die größte Schmach und die eineinhalb Stunden der tiefsten Erniedrigung in der Vereinsgeschichte hängen ebenfalls mit der SpVgg Fürth zusammen. Die Schmach hat sich im Jahr 1956 ereignet, wo in Zabo kurz vor dem Spiel noch schwer darüber diskutiert worden ist, ob die Fürther heute zweistellig oder dreistellig verlieren. Wie immer haben die Fürther die Vorschriften der Gastfreundschaft grob mißachtet und 7:2 gewonnen. Vier oder fünf Club-Abwehrspieler haben damals nicht gewußt, ob sie neunzig Minuten lang in einer Waschmaschine Karussell gefahren sind oder wo sie sonst ihren Drehwurm her haben.

Das Stichwort Kennemann wäre bei dieser 2:7-Niederlage von größter Wichtigkeit gewesen, aber der Schorsch hatte zu diesem Zeitpunkt seine berühmten Hosen leider schon in die Kleidersammlung gegeben und ist keinem Fürther Stürmer mehr nachgegangen, sondern nur noch seinem Beruf als Kriminalkommissar. Die Kennemann-Hosen hatten eine Größe ungefähr vom dritten Brustwirbel bis Mitte Schienbein. Kleinere Spieler hätten diese Hosen im Winter auch als Skianzug tragen können. Sehr verschiedenartig waren beim Kennemann während des Spiels die Augen und die Füße. Während die Augen nämlich den Schiedsrichter immer angeblickt haben, wie wenn sie kein Wässerchen trüben könnten, haben die Füße zum gleichen Zeitpunkt die Beine des Gegners so getrübt, daß sie innerhalb weniger Sekunden rot und blau angelaufen sind.

Viele Spieler, die einmal die Ehre hatten, gegen den Kennemann zu spielen, sind anschließend nach Amerika oder Australien ausgewandert.

Das Wort Meisterschaft ist schnell abgehandelt, denn es kommt in letzterer Zeit im Wortschatz des Präsidiums seltener vor. Auch Schulden gibt es beim 1. FC Nürnberg schon seit vielen Jahren keine mehr. Sie heißen jetzt Verbindlichkeiten.

Die berühmteste kleine Zehe des 1. FC Nürnberg befindet sich am linken Fuß vom Max Morlock. Mit ihr hat der Max im Jahr 1954 das Anschlußtor gegen die Ungarn zum 2:1 geschossen, und er ist dadurch Weltmeister geworden. Außerdem hat der Max fast 25 Jahre für den Club gespielt und war zweimal Deutscher Meister.

Das waren die Zeiten, wo die Fußballer noch Energiebündel waren und keine Aktienpakete, wo man beim Sigi Grimm an der Theke noch am Widmayer seinem Doornkaat nippen hat dürfen und wo ein berühmter linker Verteidiger nicht mit dem Rolls-Royce heimgefahren ist, sondern infolge mehrerer Maßen Freibier wie mit der Achterbahn. Und nachts hat der Wind in den Blättern der Kastanienbäume geraschelt. Das kommt einem vor, als wäre es schon neunzig Jahre her oder noch länger.

Die weinroten Trikots

Der markige Text und die gestiefelte Melodie sind wahrscheinlich noch ein Überbleibsel aus den schlechten alten Zeiten gewesen. Aber wer denkt im Alter von zehn Jahren auf der Heimfahrt von einem Spiel auf einem Eisenbahnstehplatz dritter Klasse schon über die Erbärmlichkeit vergangener Zeiten nach. Das Lied, das wir bei jeder Heimfahrt gesungen haben, ging jedenfalls so: »Auf grünem Rasen spielen wir, für unser Schwarz-und-Rot-Panier.« Mit stolz geblähter Brust und besonders laut ist das Club-Lied für untere Mannschaften nach Siegen gesungen worden. Es hat Spieler gegeben, die sind noch im späten Herbst mit einer Gänsehaut vom Hauptbahnhof heim nach Zabo, Gleißhammer oder Mögeldorf gelaufen, nur mit diesem schwarzroten Panier bekleidet. Schwarze Hose, weinrotes Trikot und auf der linken Seite aufgenäht 1. FCN, daß jeder sieht, hier schreitet der Herr Reserve-Morlock von einem schweren Auswärtsspiel heim. Von Schwarz hat bei der Hose nach mehreren Jahren Kochwäsche selbstverständlich keine Rede mehr sein können. Die nachgemachte Kennemann-Hose vom Schobers Gustl war so hellgrau wie die Haare von der Böhms Mutter, die unter der Tribüne jeden Tag die Trikots der ersten Mannschaft vom original Zerzabelshofer Heimatschlamm befreit hat. Von den Stutzen ganz zu schweigen: schwarz wie die Nacht finster bis zum Knie, dann drei Streifen, einer rot, einer weiß und zum Schluß wieder schwarz. Solche Stutzen waren ein Mysterium, die haben ganze Landstriche von

Jahn 63 bis zur Shellbrücke und hinüber zum ESV Rangierbahnhof in Angst und Schrecken versetzt, und sind nach zweimal waschen gerade noch über den Knöchel gegangen.

Jetzt hängen die weinroten Trikots, die ausgewaschenen Hosen und die eingegangenen Streifenstrümpfe auf einem Fahnenmast am Schuttberg, und wenn es von unten röchelt, tun sie so, als könnten sie noch immer im Wind flattern wie die Meisterschaftswimpel. Es hat sich ausgeflattert. Wer an ein weinrotes Leibchen Erinnerungen verschwendet, der ist ein Fußballfossil, der kann sich in sein Heimweh einwickeln lassen und auf einem Gully zwischen Hochhäusern in der Jochensteinstraße am besten um Mitternacht, so daß es keiner hört, sagen: Das war die Stelle, wo der Morlock drei Minuten vor dem Schlußpfiff die Ärmel von seinem weinroten Trikot hochgekrempelt und dem Knecht von Viktoria Aschaffenburg eine geschmiert hat, daß man es bis hinüber ins Schwimmbad gehört hat. Der Schiedsrichter ist damals in ein Club-Trikot geschlüpft und unerkannt in Richtung Frankfurt entkommen. Der Pfeifenheini, wie ihn damals verschiedene Zuschauer liebevoll genannt haben, der müßte das Trikot eigentlich noch haben. In welche dunklen Kanäle die anderen Restposten verschwunden sind, weiß kein Mensch mehr. Der alte Zabo ist verkauft, die Böhms Mutter verabschiedet, das Club-Bad verschüttet, und wer geheimnisvolle Selbstgespräche über weinrote Trikots führt, der ist entschieden verkalkt. Man muß schriftlich um Denkmalschutz ersuchen, wie es Merkels Geisterschreiber in der Bild-Zeitung macht. Besser sind die

Zeiten sicher nicht geworden, aber halt farbloser. Weiße Hemden, weiße Hosen, weiße Stutzen und immer gegen Bayern München käsweiße Gesichter. Auf der linken Brustseite steht schon noch zwei Zentimeter groß 1. FCN, aber von weitem kann man nur Patrizier, ARO, AEG, Grundig, Reflecta oder irgendeinen anderen Firmennamen erkennen, je nachdem, wer gerade siebenhunderttausend Mark pro Jahr übrig hat für den Eindruck des Bundesligaverdienstkreuzes. Das hat schon seine Richtigkeit und Geschäftigkeit mit den weißen Trikots, denn mit einer roten Werbeaufschrift auf roten Trikots würde keine Firma der Welt pro Jahr auch nur einen Pfennig zahlen. Weiß ist ein sehr schöner neutraler Zustand, die Weißheit auf dem Fußballplatz ist etwas Sauberes, Erhabenes. Weiß sind auch die Trikots von Real Madrid und Borussia Mönchengladbach, weiß ist die Weißwurst, und Weißgott sagt der Pfarrer in der Kirche. Man möchte schlimmstenfalls noch einwenden, daß bei einer Schlammschlacht gegen den FC Bayern München weiße Trikots besonders schwer leiden und nur mühselig wieder sauber gemacht werden können. Aber auch da braucht sich die Böhms Mutter keine Gedanken mehr zu machen, denn für den Vollwaschgang bei sechzig Grad haben wir Ariel. Nur eines könnte uns alte Deppen aus der vorsintflutlichen Zabozeit nachdenklich stimmen: Es wird nie mehr einer heimwärts von Schweinfurt in der Eisenbahn stehen und mit zehn anderen das Clublied schmettern. »Auf grünem Rasen spielen wir, für unser Weiß-und-Weiß-Panier« – das ist nicht gerade die hohe fränkische Dichtkunst.

Schwarz, Rot, Blaß

Iich wass nedd – kennd jemand nu in Schobers Gusdl? Der Schober hald vo der Südschdadd. Middl-Laifer hodder gschbilld bam Glubb. Also des woor der middi dodaal ausbleichdn Huusn. Stone-washed dääd mer heizerdooch soong. Stone-Washed. Des hodd mid Schdaddworschd nix zon dou. Also der Gusdl jeednfalls middi mausgrauer Kernseifn-Jeans hodd in die Fuchzger Joohr Ausbudzer gschbilld. Und der is fei vo der Südschdadd, Wodanschdrass zwanzich, wassi nu genau, isser die Samsdooch middooch nach Zabo gloffn, hodd si vo der Böhms Mudder die frisch gwaschner Schdudzn geem loun, a Driggo middn Fimbfer draff, die Huusn, däi wou vuur zeha Joohr vielleichd amol schwazz gween is – und des hodder nou ganz allaans middi eichner Händ oozuung, und nocherdla isser eigloffn am Schbillfeld. Die masdn vo die Glubb-Schdars sin damals zu Fouß nach Zabo ganger. Manche hom si aa droong loun, wenns korzz vuurm Schbill nu bam Frühschobbn gween sin. Warmlaafn hosdi dou nedd braung vuurn Schbill. Mendale Vorbereidung, Stretching, Brain-Storming, Einzelgespräche, Physio-Therapeutik, Medidazion, Muskelfaser-Massage – nix. Vom ledzdn Seidla in der Sängerlusd direggd in die erschde Halbzeid. Und die aanziche Daggdigg, wou der Drääner gsachd hodd, woor: »Männer – flach schbilln und houch gwinner.« Haid nammidooch in Dordmund werd der Glubb woorscheins zimmli houch schbilln und flach eigäih. Obber die Vuurbereidung nerdirli weldverbandsmääßich. Middn Schobers Gusdl seine fimbf Seidla Märzn die Samsdooch Fräih nichd zon Vergleing, gell. Braugsd blouß amol in den Hydraulig-Bus neischauer. Also daß nach Dordmund ins Wesdfaln-Schdadion zu Fouß vo derham aus laafn, verlangd ja kanner. Obwohl: Die Kondizion häddns leichd. Blouß Foußballn kenners hald nedd. Däi schwanzerd der Schobers Gusdl nachern gräißern Kameradschafdsoomd haid nu affern Bierfilzla, houchkand. Also wäi gsachd, schausd amol in den Mannschafds-Bus vom Glubb nei. Dou hoggd der Bressidend, der Vize-Bressidend, der Schadzmeisder. Der is aweng häicher masdns wäi die andern, wall der hoggd aff der schwarzzn Kasse draff. Nocherdla kummer drei Masseure, der Zeuchward, vier Brunskarddler, zwaa Doggder, drei Heilbraggdigger mid ihre Bfeffermins-Schbridzn im Anschlooch, der Haubd-Schbonsor, der Neben-Schbonsor, der Eleggdrigger, wenns in der Kabiner die Sicherunger naushaud, wall fuchzeha Mann aff aamol föner, nocherdla kummer nu zwaa haubdamdliche Loggnwiggler, die Audogrammkarddn-Dräächer und der vereinseichne Grichdsvollzieher. Und ganz hindn in der mendalen Dunkelkammer nocherdla die Schdars bersönlich. Middn drinner nu der Drääner, der Ko-Dräåner und der fränkisch-schwäbische Simuldandolmedscher. Jeder derf aff der Fahrd an Schobbn Gelberruumsafd drinkn, mouß seine Lakdad-Werde auswendich lerna und der Vereins-Ornidologe häld derwall an Dia-Vuurdrooch über das Verhaldn von Schwalben im Schbädherbsd und im Schdrafraum. Wer lachd, werd am Mondooch bam Berdi Vogds gmeld. in Dordmund gräings nou ordnungsgemäß und völlich unverdiend anne am Derbl naaf. Und nocherdla foohrns im Schoß vo Bressidend, Vize-Bressidend, Schadzmeisder, Drääner, Ko-Drääner, Dolmedscher, Ko-Dolmedscher, Bfarrer, Doggder, Schbonsor und Heilbragddiger, Brunskarddler, Loggnwiggler, Seifnhalder, Ballnaufbumber und Worschdwegglas-Desder widder hamm nach Närmberch. Wenn des der Schobers Gusdl amol erleeberd der werrerd ganz blaß im Gsichd, blasser wäi sei alde Glubb-Huusn. Obber gwieß nedd vuur Neid.

Der Christkindlesmarkt und die Zeit davor

Spätherbst

Mer mecherd grood maaner, der glaane Abreißkalender derhamm iiber der Anrichd middi schlauer Schbrich hindn draff is annern Fendilador oogschlossn. Die Sandkernla vo Mallorga gnirschn nu in dein ledzdn Schiiberla Hoor am Kubf, in der Goschn hosd nu a weng an Gschmagg vo Dindnfiisch und Middlmeer – obber in die Schaufensder schdenger scho die Bulzermärddl schäi hindranander gschlichd wäi die Soldoodn – es weihnachded sehr, daß allers zerschbeed is, und mir hom nu nedd amol gscheid Oktober. Die Original Nämbercher Lebkoung aus Hannover wern der iiberool zum Sonderbreis nouchgschmissn, die Weihnachdsgäns am Land drausn homs scho längsd in Kubf a weng abgschraubd, und schdille Gedankn sollersd der machn – wennsd Zeid derzou häsd. Mer maand grood, a jeeder vo uns hodd an Guudschein fiir die Ewichkeid in der Daschn, und daß uns nedd langweilich werd, hau mers hald naus, die Zeid, daß ner suu schebberd. Derwarddn konn heizerdooch kanner mehr wos. Des wär ja aa bläid fiirn Umsadz. Wall im Nofember, dou is ja nou es Grebbsde vom Weihnachdsgschäfd scho gloffn. Dou fläing die Schogglood-Bulzermärddl naus aus die Schaufensder, suu schnell schauers goornedd, und wern in der Fabrigg aff Osderhoosn umgschbrizd. Und wennsd bis zum erschdn Abfend nedd in dein Reisebüro woorsd und deine värzza Dooch Hinderindien buchd hosd, nou konssd nexds Joor im Augusd dein Urlaub vielleichd aff der glann Insl Schüdd machn – und dou is fraglich, ob nu wos frei is. Alles hommer: an Zweidwoong hommer, a Wohnwäächerla hommer, a Dauerkarddn fiirn Glubb, drei Dschogging-Anziich, a Wochnendhäusla in Kitzbühl, a Fahrrad ganz aus Aluminium, und alles hodd an Haafn Geld kosd, obber Zeid, Zeid hommer kanne, nedd amol fiier a Fuchzgerla. In Amerika, wous ja des Werddla »Geduld« scho lang ausn Lexikon gschdrichn hom, dou homs ja wos ganz Neis geechern Zeidmangl erfundn. Dou lounsersi edzer eigfriern und mecherdn nou in zwaa-, dreihunderd Joor widder aff die Weld kummer. Obber es Woore is des aa nedd. Wer wassn dou scho, wos mid an alles oogschdelld werd, wennsd wäi a gräißers Bäggla Mööfnbigg in der Diefkühldruha drinnerhoggsd. Am End waß anner in hundert Joor nemmer, daßders du bisd, und nou kummder middn Häggla, und scho liggsd als Eiswürfl innern Gloos Whisky drinner. Obwohl – schenner is, wäi wennsd im Gremadorium verbrennd wersd.

Obber worschd wosd maggsd, die Zeid vergäid. Mer mäißerd amol widder an ganzn Dooch am Sofa liing und nerblous aff die Deggn naafglodnz. Vielleichd daß der Radio a weng schbilld und aus der Kichn raus nach Kaffee riichd. Nou schausd die zwaa Muggn zou, wäi ser si um die Lambn rumjoong, und sunsd maggsd goornix. Odder mer mäißerd amol in Wald nausgäih – suu langs nern nu gibd – affer Bänk hiihoggn und hoggn bleim bis die Sunner ganz hindn am Rand vo der Weld in die Baim neifläichd. Mer mäißerd amol nachds aff die Burch naafgäih und aff die Schdadd rooschauer, bis in der Fräih hindern Moridzberch die Wolgn schäi langsam roud wern. Und nou drundn in die Schdrassn die andern Laid zouschauer, wäis ka Zeid hom. Mer mäißerd amol Zeid hom.

Buß- und Bettag

A jeder Herbsddichder, der halbwegs aweng wos draff hodd, der dichd si edzer um däi Zeid widder gscheid zamm iibers menschliche Vergehn, läßd derzou die Winde wehn und dengd schwer driiber nouch, wossi aff die fallenden Bläddlein nu reimd. A schäins Herbsdgedichd is zum Beischbill, wenn ein fallendes Bläddlein zon andern sachd: Im Herbsd schderbsd. Suvill zum besinnlichn Deil vom Herbsd. Wousd mehra besinnungslos wern kennsd, des is, wäi die schdäddischn Grünanloong-Arbeider die Vergänglichkeid im Herbsd momendan bearbeidn denner. Denni homs nemli an glann Außenbordmodor ummern Hals g'hängd mid anner Windmaschiner droo, und dou dermiid blousns es Laub vuur sich her, daßd maansd, im Schdaddbarg is vo fräih bis oomds Maschinengwehrschießn. Wenn si nu anns droo erinnern koo: Fräihers hodd mer es Herbsdlaub zammgrechnd und mid der Robbern am Kombosdhaufn gfoohrn. Odder eimbfach lieng loun. Obber dou dermiid erreigsd nerdirli ka Aufseeng. Und irchndwann mouß ba der Schdadd amol anner draffkummer sei, daß der nadürliche Herbsdwind, der wou ja aa die Blädder ummernander bläsd, daß der masdns machd, wosser mooch. Aamol bfeifd er ausn Osdn, nou ausn Wesdn, und aff aamol widder ibberhabbs nedd. Dou gräigsd ja in dein Blädderhaafn keine Ordnung nei. Also homs einen künsdlichn Wind erfunden. Mid der Sunner is ja es gleiche. Amol scheinds, amol widder nedd. Des is doch a Grambf. Erschd middn Solarium hodd mer dou a Sysdem neibrachd.

Wenn a Solarium scheind odder nedd, des kenner mir middern Gnobfdrugg und fimbf Marg Eindridd aff die Sekundn genau beschdimmer. Odder ibberhabbs es Wachsdum vo Nudzbflanzn, des hodd mer Jahrhunderde lang ja aa nedd im Griff g'habd. Nichd ums Verreggn hodd a Domaadn odder a gräiner Salood im Schbädherbsd odder goor im Dezember ba uns wachsn wolln. Obber edzer hommer Gmiisfelder middern künsdlichn Himml aus Dreibhausglas iiberzuuung, drunder a Solarium und an künsdlichn Reeng – der nadürliche Reeng draußen is ja suwisuu a Gifdbräih, den konnsd hexdns nu fiirs Agwablaning aff der Audobahn verwenden – also an künsdlichn Reeng, und mir kenner am Agger zu jeder Jahreszeid alles wachsn loun, daß mer im Winder vuur lauder Blasdiggdomaadn nimmer wissn, wouhii dermiid. Irchdnwann wer mer des bißla Weld wissnschafdlich scho nu in Griff gräing. Des Broblem mid den Schnee, der wou fräihers immer vom Himml roogschneid hodd, und wou mer nou aff der Audobahn aff aamol langsamer hädd foohrn solln – des is aa scho suu goud wäi erleedichd. Wall durch die Erfindung vom Dreibhauseffegd is ba uns vill wärmer worn und schdadds Schnee kummd manchmool hexdns nu aweng a Ruuß roo. Den konnsd obber ohne weideres mid däi Windmaschiner zamblousn, wous edzer im Schdaddbarg die Blädder dermiid wechgnaddern. Gesdern homms in der glann Anlooch am Maxbladz es Laub mid ihre Maschiner zu an wunderboorn Haufn zammdriem. Und geecher oomds aff amol hodd der Wind, also der richdiche, deroordich neiblousn und hodd alles durchernander gwehd, daß fei ausgschaud hodd wäi vuurher. Obber wenn der Wind maand, er kann mid uns machn, wosser mooch, und middn in unsern Forschridd neibfeifn – nou hodder si ganz schäi daischd. Wall am allgemeinen Baumschderm werd scho indensiv gärwerd. Und wenns kanne Baim und kanne Blädder mehr gibd, nou konner schauer, der Wind, wosser nou in Zukunfd im Herbsd ummernanderwirbln mecherd. Fallende Bläddlein jeedenfalls nedd.

Niemandszeit

Wenn am Hauptmarkt außer den Parkpfosten auch noch andere Bäume wachsen täten, dann könnte man jetzt manchmal sogar das Laub rascheln hören und nicht nur einen von den zehn Unterröcken einer Obstlerin oder einen Zehnmarkschein. Es ist nämlich dort und auch sonst in der Nürnberger Altstadt ziemlich ruhig geworden, wir haben zwischen Oktober und November die Niemandszeit. Weit und breit keine Herrschaften aus Düsseldorf und Castrop-Rauxel, keine Japaner, keine Hundertschaften Bereitschaftspolizei, kein Landesvater, kein Mikrofon, keine Megawatt in der Stadt. Keine Spur von Holländern oder Neuseeländern, nur an der Ecke ein Neufundländer, der vor dem verblichenen Wahlplakat der Republikaner sein Bein hebt und es inhaltlich ein bißchen auffrischt.

Es sind diese zwei Wochen im Jahr, wo man wirklich meinen könnte, Nürnberg gehört doch auf irgendeine geheimnisvolle Weise den Nürnbergern. Es dreht sich aber, wie wir wissen, um die Ruhe vor dem Sturm, denn bereits in der letzten Novemberwoche kommen dann im Namen des Sohnes, des Vaters und des Stadtentwicklungsamtes 2,6 Millionen Menschen in die Stadt und lassen in vollkommener Übereinstimmung mit der Kirche, der Industrie- und Handelskammer und dem Fremdenverkehrsamt die Sau raus.

Mit dem ersten Auftritt des Nürnberger Christkindes beginnt für die örtlichen Bürger dann, wie auch für Igel, Karpfen und Mäuse, der Winterschlaf, sie begeben sich geordnet in die umliegenden Touristenschutzbunker. Damit keinem Einheimischen aus Versehen vom vierten Stock des Karstadt-Kaufhauses ein Nürnberger Lebkuchen oder ein Berliner Tourist auf den Kopf fällt und er das fröhliche Treiben am Christkindlesmarkt und in der ganzen Stadt nur noch vom Westfriedhof aus beobachten kann.

Aber wir sollen nicht meckern, rumnörgeln oder gar undankbar sein, sondern im Gegenteil der Stadt und ihren unermüdlichen Trommlern unsere Hochachtung ausdrücken. Denn zwei Wochen im Jahr gehören uns! Wir können uns in dieser Zeit vollkommen frei bewegen. Es gibt keine Taschendurchsuchung, keine Massenverhaftung, keinerlei Absperrungen, es spritzt kein Bratwurstfett, kein Senf und kein Ketchup durch den Hemdkragen ins Genick. Es zwingt uns auf dem Hauptmarkt kein Faschingsprinz unter Androhung von dreißig Minuten Büttenrede ohne Bewährung oder anderen Foltern zum Lachen. Kein Eskimo fragt uns nach den klebenden Händen oder nach dem Adolf-Führer-Denkmal. Es ist kein Häfalasmarkt, kein Trempelmarkt, kein Altstadtfest, kein Parteitag, kein Tag der offenen Tür oder der nach hinten offenen Redezeiten. Und wenn man mit seinem ganz persönlichen Tag der offenen Tür zum Beispiel kurz nach Mitternacht auf der Brüstung von der Karlsbrücke steht und acht Schoppen Frankenwein wieder die Freiheit schenkt, dann steht man dort nicht inmitten von Dutzenden anderer Pinkeladvokaten. Sondern man ist ganz allein und lauscht völlig entrückt dem beruhigenden Plätschern in die Fluten, das lediglich unterbrochen wird, wenn eine Ente oder ein Erpel zum Warmduschen durchschwimmt.

Man beendet in dieser glücklichen Niemandszeit seinen Rundgang zwischen Hauptmarkt und Weinmarkt in vollkommener Harmonie und mit einem Trümmer Preller. Man muß weder gebrochen Englisch, Französisch, noch Schwedisch sprechen. Höchstens gebückt brechen, und wenn dabei etwas wie eine fernöstliche Nasalsprache von unten herauf an unser Ohr dringt, »Kengen schu schei von Hendlo gengen?«, dann heißt das lediglich »Kenndn'S ewendwell suu goud sei und vo meine Händ roo gäih!?« Und es ist ein ebenfalls schwer betrunkener Einheimischer auf seiner Kriechspur in Richtung Johannis, dem wir während der Betrachtung der Gestirne aus Versehen auf die Hand gestiegen sind. Wir haben in der Altstadt kein Bardentreffen, keine Spielwarenmessebesucher, es werden keine Preise erhöht und keine Preißn gehört, und viele Angehörige der örtlichen High- und Leih-Society sind nach Paraguay unterwegs oder in Unterhaltungs-Haft.

Genießt also die zwei Wochen Niemandszeit jetzt im November! Denn dann kommen schon, wie erwähnt, die himmlischen Heerscharen mit Macht, Kraft und all ihrer Herrlichkeit, daß vielleicht manchen älteren Nürnberger eine Sehnsucht befällt nach der Sintflut und dem archen Noah.

Weihnachts-Graddi

Daß mer dou nedd scho eher draff kummer is, wunderd mi. Wall des is ja die Lösung ibberhabbs. Dou is es Gaggerla vom Columbus a Dreeg dergeeng. Iich reed vo der neier Regelung mid der Weihnachds-Graddi. Nichd daß uns haier die Graddi gschdrichn werd – sondern ganz im Geengdeil. Bam Karschdadd homsis scho eigführd, ba der Quelle kummds aa, und ball werns alle derzou iibergäih. Also mir gräing – wern'S ja aa gleesn hoom – mir gräing schdadds an 13. Monadsgehald als Graddifikazion einen Warenguudschein in gleicher Höhe vo unserm Arbeidgeber. Des is doch der Hammer! Des wos mir es Joohr iiber broduzierd hom – des kemmer nou andeilich zu der Graddi im Dezember miid hamm nehmer. Moußder amol vuurschdelln, wos des fiir Erleichderungen sin. Iich maan guud, edzer werd si nerdirli anner, der wou ba der MAN ärwerd, der werd si nerdirli froong: Wos soll nern iich am Heiling Oomd middern Drimmer Eisenbahn-Waggong undern Grisbaum? Obber erschdns gräichder nerdirli nerblouß a boor Schraibla, an Buffer odder an Diirgriff, und zweidns kommer ja mid Kolleeng vo andere Firmen nach Weihnachdn sei Graddi dauschn. Anner wou innern gräißern Bäggerei-Konzern ärwerd, der gräichd als Graddi a boor Donner alde Breezn, bam Mannesmann-Midarbeider wern vuur die Feierdooch Schdahlrohre in rauhen Mengen im Hinderhuuf abgloodn, wer bam Schöller is, der is aff aamol schdolzer Besidzer vonnern Warenguudschein iieber zwaa Container vull Wafflbruch. Wos glaam'Sn, wäi dou aff aamol der Umsadz endli widder naafgäid! Außerdem endfalln die Lieferweeche, die Verbaggungskosdn und es Bordo. Jeder nimmd si sei Graddi direggd vom Fließband selber miid. Wenn mir erschd amol gmergd hom, wos däi neie Regelung fiir Annehmlichkeidn bringd, nou werd nedd nerblouß die Graddi, sondern jeedn Monad es Gehald in Naduralien auszoohld. In der Uhrnfabrigg bam Diehl, wou ja die Zeid hergschdelld werd, dou gräigsd nou sechzg Minuddn in der Schdund, a Bundeswehrsoldood, der gräichd jeeds Johr sein eichner glann Griesnherd, und Möblbagger zum Beischbill, däi kenner si jeeds Wochnend vo ihrn Scheff in die Fränkische Schweiz und widder zrigg droong loun. Und des mouß mer ja aa seeng – wemmer wass, daß mer die Broduggde bragdisch fiir sich selber herschdelld, nou basd mer doch ganz andersch aaf. Bis edzer, wennsd innern Leemsmiddlkonzern ärwersd, nou hosd am Fließband soong mer amol inner Doosnsubbn vuurm Degglverschweißn korzz amol neigschbodzd. Obber wennsd wassd, dassd däi Subbn nexd Wochn selber als Weihnachts-Graddi mid hamm nehmer mousd – also die Gwalidääd vo die Broduggde werd schloochoordich besser wern. Wer schneid si denn ins eichne Fleisch, beziehungsweise schbodzd si ins eichne Essn? Bald werd also es Wirdschafdsleem widder bulsiern. Dou schdäid anner in der Fußgängerzone middern Sagg vull Birooglammern, dordd bieder anner hunderd Donnen garandierd veraldede Zeidunger oo, ganze Familien, wou der Vadder ba der Firma Schabbi ärwerd, ernährn si vo allerfeinsdn Hundefudder. Blouß a Bankangschdellder is nerdirli bläid droo, wall durch däi neie

Nadural-Wirdschaft werd ja es Geld abgschaffd. Und wenn der als Graddi anne odder zwaa Millionen Mark in Scheine gräichd, nou konner si heggsdns Babierschwalm dervoo bauer. Und aa die Aborddfrau vom Haubdboohnhuuf wass nunni reechd, wos vo dera neier Regelung haldn soll. Wall affern Guudschein fiir die Broduggde aus ihrn Bedrieb, hodds gsachd, dou is ganz schäi draff gschissn.

Aus der Welt der Stille: Ein Wintermärchen

Dadurch, daß heute abend um 18 Uhr unsere Glühweinkönigin wieder anzapft und ihren Prolog über die Nürnberger Christenheit ausschüttet, werden verschiedene Institutionen in dieser Stadt argwöhnisch darüber wachen, daß der Christkindlesmarkt berichterstattungsmäßig in einem hellen Licht erstrahlt. Wir sollen über den schönsten Markt der Welt nicht rumblödeln, Witze reißen oder höhnisch schreiben, daß die Bratwurstveranstaltung aus allen Nähten platzt. Es wäre Gotteslästerung und dient nicht dem Ansehen und dem Umsatz des Weihnachtsgeschäftes. Krippenbeschmutzer werden mit einem Christkindlesmarkt-Besuch nicht unter drei Wochen, ersatzweise zwei Zentner Früchtebrot bestraft.

Wir sollen diesen Christkindlesmarkt vielmehr folgendermaßen beschreiben: Wenn die Kohlendioxidwolken sich heute abend sanft über die Stadt niederlegen, das Christkindlein auf der Empore der Frauenkirche an einem Sicherheitsstrick der Feuerwehr bambelt und spricht: »Ihr Herrn und Fraun, die Ihr einst Kinder wart«, dann haben wir wieder Tränen in den Augen. Weil uns der Nachbar aus Versehen seine Bratwurst mit Meerrettich ins Antlitz gedrückt hat.

Schneeflöcklein rieseln vielleicht auf die Dächlein des Städtleins aus Holz und Tuch, ein Kindlein brüllt verträumt nach seinem Oheim, der auf der Museumsbrücke in ein kleines Stauilein geraten ist. Ein vorweihnachtlicher Geisterjogger ist dort gegen den Strom gerannt, gestrauchelt und hat daraufhin einen Auflaufunfall mit einer 148-köpfigen japanischen Reisegruppe verursacht. Vor seinem Abtransport in die nahe Wiederbelebungsanlage wird er noch 148 mal fotografiert, weil die Reiseleiterin ihren Gästen aus Mitsubishi erklärt hat, daß es sich um einen einheimischen Menschen auf der Flucht vor dem König Herodes handelt.

An anderen Plätzen des Marktes werden ebenfalls biblische Geschichten nachgestellt. Ein fröhlicher Budenbesitzer macht aus fast nichts Hunderte von Litern Glühwein wie bei der Hochzeit von Kanaan. In der Augustinerstraße kämpfen David und Goliath um einen Parkplatz. Es gemahnt uns unweigerlich an das Hau-den-Lukas-Evangelium.

Gleich neben dem schönen Brunnen findet die Speisung der Fünfhunderttausend mit der heuer erstmals verwendeten Mehrwegbratwurst statt. Auf den Aus- und Überfallstraßen rund um die Stadt herrscht überhaupt kein Verkehr, von ein paar vereinzelten hunderttausend Autofahrern und auf der Flucht panikartig verlassenen Omnibussen abgesehen.

Wer an Schwerhörigkeit leidet, vernimmt fast keinen Laut in dieser adventlichen Stadt. Nürnberg ist wieder einmal ein Wintermärchen. Vor allem in den Stunden zwischen Mitternacht und dem ersten Schrei des Zapfhahns früh um sechs. Das ist auch die Zeit, wo sich das Christkind Sandra Niederberger nach vielerlei Fernsehterminen rund um Bochum erschöpft, aber irgendwie glücklich, in die Krippe legt. Dr. Oscar Schneider, versonnen von einem Wahlplakat blickend, und Maria und Josef betrachten es froh.

Alles schläft, einsam kracht ...

Immer am erschdn Freidooch im Dezember Bungd sechser gäid ja in Nämberch am Haubdmargd die heiliche Zeid widder oo. Schdardschuß vom Griskind bersönlich fiir die heilichn verkaufsoffner Samsdooch, fiir die heiliche Weihnachds-Graddi, die heilichen drei Keenich Kies, Kulln und Bulver und fiirs heiliche Wirdschafdswachsdum. Am 24. Dezember is nocherdla scho Sangd Boddmonnee, nerblouß vier Wochn, und alles is widder vobbei.

Iich hob an Gschäfdskolleeng, der wohnd direggd iibern Griskindlasmargd, seid ball scho dreißg Joohr. Also den sin däi vier Wochn immer wäi a Familienbaggung Ewichkeid vuurkummer. Die erschde Zeid am Haubdmargd hodds nern ja goud gfalln. Ba der Griskindlasmargd-Eröffnung hodder si a boor Seidla Glühwein ins Nervenzendrum neigschüdd, Broudwerschd hodds geem middern richdich goudn Sauergraud, fimbfmool aafkochd. Nocherdla infolche vo den Sauergraud midder Huusn-Bosauner a boor Dagde »Schdille Nachd« blousn, und scho hodder derhamm eine wunderboore Romandigg g'habd.

Obber suu nach zeha, fuchzeha Joohr is der fei immer komischer worn. Ofd nu bis in März, Abril nei hodder in der Ärwerd dauernd »O du fröhliche, o du seliche, o du Graizkiesldunnerweddernei« gsachd. Also suu wäis in kann Gsangbuch drinner schdäid. Odder middn im Summer hodder manchmol gschriea: »Lebkoung, frische Lebkoung, kaffd Lebkoung, waffnscheinfrei, ihr Doldi, ihr bläidn!«

Und glei draff hodder mid seiner Sauergraud-Bosauner »Schdille Nachd« gschbilld.

Wäi er zwanzgjähriches Griskindlasmargd-Jubiläum in seiner Wohnung am Haubdmargd g'habd hodd, hodder a Kerzzn am Houd g'habd am hellichdn Dooch, brennerde Schdernlasschbeier an die Ohrn bambln, und wäi der Abdeilungsleider gfrouchd hodd, obber den Fall Scheuerlein scho bearbeided hodd, hodder derzou gsachd: »Ich bin das Lichd in der Finsdernis.« Und direggd vuurn Scheff sein Schreibdisch sich aweng buggd und widder mid der Bosaune eine Weihnachds-Fanfare losgloun, dasser fei die zweide Abmahnung gräichd hodd.

A halbs Johr schbeeder, korzz vuur Osdern, is nou bassierd. Dou is der Herr Kunde Scheuerlein ins Büro kummer und hodd ummernander brilld, dasser si des nedd gfalln läßd, dasser edzer scho a dreivärddl Joohr affern Bescheid wardd und wou des Rimbfiech von einen Sachbearbeider is. Nou is mei Gschäfdskolleech aafgschdandn und hodd zu den Herrn Scheuerlein ganz ruhich gsachd: »Ihr Herrn und Frauen, die Ihr einst Kinder wart/ Ihr Kleinen am Beginn der Lebensfahrt/ Ein jeder, der sich heute freut und morgen wieder plagt/ Hört alle zu, was Euch das Christkind sagt.«

A Värddlschdund schbeeder hodder sein Schreibdisch raimer mäin. A alds Hudzlbrood is in seiner Schubloodn gleeng, Grisbaumkugeln und a Rauschgoldengel middern Kardeireider am Flüücherla, dou is Scheuerlein draff geschdandn. »Es ist ein Ros entsprungen«, hodder uns zum Abschied nu gsunger, a ledzder leiser Gwaggerer mid seiner Bosauner – und ford woorer. Gseeng hobbin seidem nemmer. Obber er mouß immer nu direggd geengiiber vo der heilichen Griskindlasmargd-Eröffnung wohner. Manchmol liesd mer nemli in der Zeidung, daß jemand mid anner Gambl Zwedschgerkern affs Griskind gschossn hodd odder aff den Maroni-Braader undn am Subbermargd a Aamer vull heißer Glühwein gschüdd worn is. Und manchmool herd mer in anner lauen Sommernachd vom värddn Schdugg roo die Wordde: »Ihr Herrn und Fraun, die Ihr einst Kinder wart/ seid es heut wieder, freut Euch in ihrer Art/ Das Christkind lädt zu seinem Markte ein/ Und wer da kommt, der gräichd a Bäggla Haferschleim.« Und nocherdla dröhnd a Bosauner »Schdille Nachd«, daß mers ball bis in die Südschdadd naus heerd. Anscheinend hodder si edzer an Verschdärger fiir sei Huusn kaffd.

Am Weihnachtsbaum die Finger brennen

Es Wichdigsde an Weihnachdn is der Umsadz, es Schennsde an Weihnachdn is, daß aa widder vobbeigäid, obber mid Abschdand es Gfährlichsde is des Deooder, des wou mir jeeds Joohr mid unsern Grisbaimla derhamm hom. An suu an unscheinbarn Baimla, dou sin scho Ehen zerbrochn, Familienvuurschdänd ohnmächdich in der Gribbn dringleeng, und vurigs Joohr hodd a Frau in der Südschdadd vuur lauder Aufreechung in den Zwiebelsuud fiir die sauern Broudwerschd am Heiling Oomd schdadds Zwiebln fimbf Bfund Lamedda neidou. Und wäis vuurn Grisbaum »Heidschi Bumm Beidschi« gsunger hom, homs aff aamol alle middernander gscheid greiner mäin. Wall nerdirli die gschniedner Zwiebln am Baum g'hängd sin.

Obber die Schwierichkeidn genger ja bereiz middn Kaafn von suu an Baimla oo. Des schäibd in anner gräißern Familie masdns der aa affn andern. Und wenn am Heiling Nammidooch die Mudder schreid: »Die Gschenkla mäin nu verbaggd wern, edzer simmer meine Bodaggn neibrennd, wer haudn in Karbfn am Kubf naaf, die Ziegelschdaaner Oma hodd scho fimbferzwanzg Mool oogruufn, wou mer bleim. Allmächd naa, der Baum is ja aa nunni budzd!«, nou schdelld si raus, dassi widder anner affn andern verlassn hodd, und weid und breid ka Grisbaum zum Budzn dou is. Und es mouß widder däi Blasdigg-Fichdn affn Fernseh draffgschdelld wern, wou mer aafschbannd wäi an Reengschirm und wou elegdrisch brennd, mid schäine Neon-

Kerzla. Dou is nou derhamm ungefähr suu romandisch wäi im Marien-Dunnell.

Indressand is aa, wenn der Vadder die lichde Höhe vom Wohnzimmer aweng iiberschädzd hodd und am Heiling Oomd in der Fräih an Baum reigschlaafd bringd, den wousd normool nerblouß in der Eingangshalln vom Haubdbahnhuuf aafschdelln konnsd. Nou werd die Modoorsääch g'hulld, is Häggla, die Beißzanger, die Gflügelscheer, der Vuurschloochhammer und die Wasserwooch. Nou werd gsäächd, gschniidn, rumglobfd, nouchgmessn, ausbrobierd, middn Häggla in die kanadische Blauedeldanner neigfedzd und vo der Schrankwänd a Schdiggla wechgschbrengd.

Und wenn si nou die Heiliche Dämmerung iiber die Vuurschdadd sengd und iiberool ba die Nachbern scho die CD middn »O Dannenbaum« neigschuum werd – nou hoggsd du grood im Klinikum II in der Ambulanz, dein abgsäächdn Daumer sauber inner Blasdiggsäggla eibaggd. Und derhamm schdenner awalln die Kinder ummer glanns Schdeggerla rum, ungefähr nu zwanzich Zendimeder lang – des is der Resd vo dein Drimmer Grisbaum.

Obber aa wenn des Fichdn-Grischberla ausverseeng amol vo der Gräiß her bassd, soll mer Weihnachdn aff goor kann Fall vuurn Heiling Oomd loom. Zum Beischbill is ein ganz gefährliches Kabiddl die Grisbaumschbidz. Dou gibds zwaa Möglichkeidn. Erschdns: Du schdeggsders gleich am Ambfang ganz oomer am Baum naaf, wenner nunni budzd is und waachrechd hiigleechd wern konn. Des is nerdirli die langweilichere Medoode. Wesendlich inderessander is die zweide Möglichkeid. Dou werd dei

Grisbaimla mid aller Wuchd in Grisbaumschdänder neigrammd, nou kummer die Äbflein hii, die alddeudschn Englein, goldne Nüßlein, fuchzg original Bienenwachskerzlein mid Andi-Drobf-Garandie, hunderd Schdernlasschbeierlein und die Hulzmännlein ausn Erzgebirch.

Nocherdla wern Schdernlasschbeier oozind, mid der Andi-Drobf-Garandie, und während sich die erschdn haaßn Kerznwachsdrobfn affn Vadder sei Bladdn herniedersenkn, sachd die Mudder: »Allmächd, Vadder, häsd nu gschwind die Grisbaumschbidz naafgmachd, sunsd gfälld mer des ganze Weihnachdn nedd.«

Dou schdäisd nou under Absingen vo »Schdille Nachd« aff der Kichnladdern droomer, balleddmäßich aff die Zeherschbidzn, in zwa Meder fuchzich Höhe. In der ann Händ die Grisbaumschbidz, in der andern Händ a Schdiggla Drood, in der Goschn an Desa-Film und in der Huuserdaschn an Löödkolm, wou die Kinder schon in Schdegger neidou hom, daß der aus deine Huuserbaaner rausgwalmd wäi ausern Räuchermännla. Bei »Alles schläfd, einsam wachd« beigsdi aweng nach vorn, und nou douds an Drimmer Schlooch, und du liggsd drinner im Baimla, in die Äbflein, die Nüsslein und Englein, und im erschdaundn Müdderlein. Und wenns nou vo und raaf schreier »Dönd es laud von fern und nah«, nou maaners nedd in Halleluja, sondern die Feierwehr.

Das Ende der Zeit

Des woor amol in den Dorf zimmli ösdlich vo Nämberch. Weid hinder Herschbrugg. Des ba die fünfschdellichn Bosdleidzahln vergessn hom, wou ka Quelle-Bus mehr kummd, wou die Laid aus der Schdadd, wenns weecher die groußn Gniedla, däi wous dou geem hodd, hiigfoohrn sin, gsachd hom: »Edzer foohr mer nach Hinderdebberlasbach«. Mid Debberla homs die Werzlaid dorddn gmaand, walls drodz die Drimmer Gniedla nerblouß siem Mark fiirn Schweinebroodn verlangd hom und fiirs Seidla Bier 1 Mark zwanzg Bfenning. In den Dorf also middn im Wald, hardd an der Grenz zur Oberpfalz, dou hosd scho vuurher manchmool maaner kenner, daß die Laid dorddn nedd ganz sauber sin. Obber wäis nou des Werzhaus aa nu zougschberrd hom – Barmherzichkeid ba der Breisgeschdaldung konn goornedd houch gnouch beschdroofd wern, hodder Grichdsvullzieher gsachd, wäi er affs allerledzde Gniedla sein Kuckuck bichd hodd – wäi also der ledzde Kondaggd zur Weld zou woor, dou moußi in den Dorf anns an die Zeicher vo der Kirchdurmuhr hiig'hängd hoom. Die Zeid is schdäibliem. Am End goor riggwärdds gloffn. Des wassd ja selber, wäi des is, wenn die Zeid nedd vergäid, wenn nix vuurwärds leffd, wennsd kann Fordschridd siggsd, wenn si ka Lifdla riird – dou kennsd nersch wern. In den Dorf also genau in der Middn zwischer nercherds und irchndwou, dou hom die zwaa Laid glebd, die Marri und der Josef. Verheirood woorns odder aa nedd, is aa worschd. Jedenfalls woorns Moo und Frau.

Und wäi die Wolkn wider amol ganz dief iiber die boor Haisla g'hängd sin, dassd gmaand hosd, der Schloud raucht scho direggd in Himml nei, wäisd in Dooch ball nemmer vo der Nachd underscheidn hosd kenner, und der Schnäi nu im März ball an halm Meder houch vuur der Hausdiir gleeng is, dou hodd der Josef, der wou aweng a Zigeinerbluud in seine Adern g'habd hodd, hodder widder sein Laaferdn gräichd und is fordd. Ball ä Värdljoohr hodd nern die Marri nemmer gseeng. Nach a boor Wochn is scho aweng unruhich worn. Sein Laaferdn hodder ja efders g'habd. Obber suu lang, hodd si die Marri dengd, isser nunni ford gween. Aamol, wäis scho lang allaans woor, is die Marri zur Nachbari niiber ganger. Und nou homs aweng graadschd und iiber Godd und die Weld gredd. Die Marri hodd nou zu ihr gsachd, dassera in ledzder Zeid manchmool aweng schwindlerd werd und an suu Glusderer nach saure Gurgn hodd. Wenn edzer anns maand, daß die Nachbari zu ihr gsachd hodd: »Gebenedeit bist du unter den Weibern, und gebenedeit ist die Frucht deines Leibes«, der hodd si daischd. Wall die Nachbari hodd zur Marri gsachd: »Am End gräigsd goor wos Glanns«. Und a boor Wochn schbeeder, wäiera der Scherzza scho aweng weider wech gschdandn is und wäi mer as ohne Brilln gseeng hodd, daß die Nachbari mid ihrer Brofezeiung rechd g'habd hodd, is der Josef widder ausn Böhmischn riiberkummer. Vill hodder nedd gsachd, wäi nern die Marri die Gschichd vo ihrn Nachwuchs derzilld hodd. Masdns sachd a Moo nedd vill, wenner heerd, daß sei Frau a Kind gräichd, und es is need vo ihm. Die Kerschn hom bläid, die Zwedschger sin reif worn, die erschdn Acherla sin scho roogfluung, die Schwalm worrn scho ford, in erschdn Schnäi hodds gschneid, und der Winder woor dou.

Die Wolgn sin widder aff die Dächer vom Dorf draff g'hoggd, die Zeid hodd kann Zuggerer gmachd, und a Nachber hodd zum Josef gsachd, daß in der Schdadd drinner edzer die schdaade Zeid oogäid. Im Radio geemsis alle halbe Schdund durch. Des hodd in Josef ganz goud neibassd, wall es is aa häichsde Zeid worn, dasser midder Marri in die Schdadd in die Glinigg fährd. Aweng a Graicherds homsersi alle zwaa eigwiggld, an halm Laib Brood, zwaa Fläschla Bier und an Zwanzger. Und nou sins an die Bushaldeschdell gloffn. Seid nern sei Frau des middn Kind gsachd hodd, dou hodd der Josef nerblous nu es Allernoodwendigsde gsachd. Wäi »Is es Essn scho ferddi?«, »Hosd mer mein Gnuubf hiignääd?«, »Is es weiße Hemmerd biigld?«, »Mouß däi Subbn suu haaß sei, daß mer si die Goschn verbrennd?« odder »Wou sin nern meine Schlabbn widder?« Affn Weech zur Bushaldeschdell hodder goornix gsachd. »Schneiz an blouß in die Goschn nei, wemmer es Maul aafmachd«, hodder si dengd. Wäis alle zwaa ausn Wald scho herausn woorn, is immer nu finsder gween, obber es hodd aafgrissn g'habd, und mir hodd in Mond und die Schdern gseeng. Und aa Schdern hodd si fei ganz schnell beweechd und blingd. Gräi, roud und weiß. »Allmächd naa, Josef«, hodd die Marri gschriea, »scha naaf am Himml. A Komeed! Wos des wohl bedeid?« Nou hodd hinder inner anner gsachd, der wou aa zum Bus ganger is: »Des bedeid, daß die Frühmaschiner nach Berlin zeha Minuddn Verschbeedung hodd.

Hosd gwiß nu ka Fluuchzeich gseeng.« Nou hodd die Marri gsachd: »Naa, ba uns im Dorf gibds kanne Fluuchzeich.« Der Moo, wou aa affn Bus gwardd hodd, hodd nou nu erzilld, daß dou sugoor Kampf-Fluuchzeuche driiberfläing, ganz däif, daß die Laid maaner, sie sin mid ihr Ohrn in a Dreschmaschiner neikummer. Und daß die Diefflìecher im Ernsdfall Drimmer Bombn abschmeißn kenner. Und daß suvill Adom-Bombn gibd, daß mer dermiid die ganze Weld sechsmool vernichdn kennd. »Des verschdäi i nedd«, hodd die Marri gsachd, »worum soll mern edzer nou die Weld vernichdn. Obber mir konns worschd sei, mir wohner ja in unserm Dorf derhind.«

Nocherdla is der Bus kummer. Vo den sins nou a halbe Schdund schbeeder in Zuuch umgschdieng. Beziehungsweise homs umschdeing wolln. Obber erschdns homs vo ihrn Zwanzger blouß nu an Zehner g'habd. Dou häddns woorscheins nerblouß a Bahnschdeichkarddn gräichd. Und zweidens hodd an den glann Bohnhuuf ka Zuuch g'haldn. Obber dou derfiir, hodd inner a Moo erglärd, dou derfiir gibds edzer ball einen ICE, der wou vo Nämberch nach Ingolschdadd baud werd fiir fimbf Milliardn Mark, und am Schluß kosds woorscheins 15 Milliardn. Und mir is nou sage und schreibe elf Minuddn ehrer in Minchn wäi vuurher. »Erschdns«, hodd die Marri gsachd, »wos hobbin vo däi elf Minuddn, wenni ibberhabbs nedd nach Minchn will. Und wenn des zweidens 15 Millardn Mark kosd, nou kummerds doch aff a boor Märgla hii odder her nedd oo. Daß mer vielleichd ummersunsd nach Nämberch neifoohrn kenner.« Nach drei Schdund

Warddezeid is nou doch a Zuuch kummer; sins alle zwaa eigschdieng, die Marri und der Josef. Und nou häddns weecher Schwarzfoohrn 60 Mark zoohln mäin. Obber der Schaffner hodds aus lauder Middleid, wall die Marri schwanger woor, kosdnlos ausn Zuuch nausgschmissn. A Audofoohrer hodds es ledzde Schdiggla miidgnummer und in der Südschdadd in der Näh vo anner groußn Fabrigg abgsedzd. Dou homs an Moo nachn Weech gfrouchd. Der is a Schdiggla mid ihner ganger. Der Josef hodd immer nunnix gsachd. Obber die Marri hodd den fremd Moo gfrouchd, worum dasser suu a bäis Gsichd machd. »Wall haid mei ledzder Arberzdooch woor«, hodd der aweng mufflerd zur Andword geem. »Ner des is doch ka Grund zum Ummernandermumbfln«, hodd die Marri gsachd, »nou hom's doch edzer Urlaub.« Er hodd obber, obwohl dasser erschd 54 Joohr ald woor, fiir immer Urlaub gräichd. Wall, hodder der Marri und in Josef ergläärd, wall edzer wern ba ihner in der Ärwerd Computer eigrichd, dou ersedzd anner die Arbeizgrafd vo mindesdens zeha Menschn. In Josef hodds nedd weider indressierd. Obber die Marri hoddsi des middi Computer affn Weech zur U-Bahnhaldeschdell genau ergläärn loun. Und hodd nou gsachd: »Also nou wern amol Computer Computer herschdelln, däi wou widder Computer bauer, däi wou die Leid die Ärwerd wechnehmer. Nou verschdäih edzer aa des middi Bombn. Wall asuu a bläide Weld, wäi mir nou hom, däi braugsd eingli wergli nemmer.« Zwaa Haldeschdelln weid sins nou mid der U-Bahn kummer, bis widder sechzg Mark zoohln häddn soln und nausgfluung sind.

Mid der Rolldrebbn am Aufseßbladz sins vuursichdshalber nedd gfoohrn. »Wer wass, wos des widder fiir a Schdrouf kosd, wemmer kann Foorschein hodd«, hodd die Marri gsachd und in Josef die Drebbn naafgschleifd. Nocherdla sins durchs Celtis-Tunnell durchgloffn, iibern Ring niiber – dou häddns in Josef ball iiberfoohrn, waler gmaand hodd, an Audofoohrer, der wou suu schnell is, den kummds aff zwaa odder drei Sekundn nedd draff oo – obber nou sins doch nu, blouß mid leichde Schürfwundn, in die Könichschdrass kummer. Dou wou die schdaade Zeid grood ooganger is. »Endschulding'S bidde«, hoddi Marri an Moo gfrouchd, »wou gäidsn dou ...« Sie hodd nachern Gasdhaus mid Fremdnzimmer froung woln. »Ka Zeid«, hodd der gsachd. Der nexde: »Ka Zeid«. Der Dridde: »Ka Zeid«. An die zehamool hodd die Marri im Zendrum vo der schdaadn Zeid als Andword »Ka Zeid« gräichd. Nou hodds zum Josef gsachd: »Entweder däi schbinner alle aweng, odder des Werdshaus, wou mir soung, des hassd ›Ka Zeid‹.« Der Josef hodd an des Kind dengd, des wou ball aff die Weld kummd und nedd seins is, und hodd immer nunnix gsachd. Sie woorn alle zwaa scho an der Lorenzkerch und hom rechds abbäing wolln, dassersi affer Bänk hoggn und ihr Graicherds ausbaggn. Obber nou woorns aff aamol in einen Menschnschdrom drinner. Dou hodds kein Endrinnen mehr geem. Broudworschd-Sembf hodds gschneid und Glühwein greengd, daßd gmaand hosd, du bisd im Schlaraffnland. Manche hom eimbfach die Fäiß houchzuung und homsi a bissla miidschlaafn loun, manche hom gschriea: »Lassd mi raus, i bin unschuldich!«, und die Marri hodd ihrn Bauch g'haldn und hodd zu ihrn ungeborenen Kind gsachd: »Sei frouh, daßd nu dou drinner bisd. Dou is wenigsdns nedd suu eng.« A Moo neber ihr hodds oogschaud und hodd gsachd: »Däi mouß doch aweng schbinner – annern verkaufsoffner Samsdooch in den Zuschdand affn Griskindlasmargd gäih!« A glanner jabanischer Durisd, den wous hiibredderd hodd, af den is nou die Marri a schäins boor hunderd Meder draffg'hoggd. »Ich reid nu a Schdiggla aff den Moo miid«, houds zum Josef hinder gruufn, »und an den schäiner goldner Brunner dou drund dreff mer si widder!« Am Schäiner Brunner sins nou alle zwaa, die Marri und der Josef, aus der Griskindlasmargd-Schlanger nauskaddabuldierd worn. Wäisersi es Gröbsde vom Sembf, Kedschabb, Glühwein und Broudworschfedd vo die Gleider abgwischd g'habd hom, nou hodd der Josef es erschde Mool aa wos gsachd. »Wanni nedd gwiis wisserd«, houder gsachd, »daß des die heiliche, schdaade Zeid is, nou häddi gsachd, des is die Hölle gween.« Und nou hodder gschwind drei Graizla gmachd, dasser si nedd versündichd. Inzwischen is scho dunkl worn, und sie hom immer no ka Gasdhaus zum Iibernachdn g'habd.

Aff aamol woorns widder in anner Menschnschlanger drinner, sin widder gschuum worn und gschuum und gschuum. Schaud die Marri aaf und liesd direggd iiber ihrn Kubf »Gasthaus Zum Bratwurst-Häusle«. »Ja dou hommer obber a Gligg g'habd«, sachds zum Josef, »mir wern direggd in des Gasdhaus neidrängd«. Nachere halm Schdund woorns drinner. Dou sin die Leid zu dridd und zu värdd af an Schduhl g'hoggd, der Werd hodd Gäsd gschlichd wäi Brigeds, und manche sin middn Hindern ausverseeng an andern in sein Deller drinner g'hoggd. »In der Schdadd is alles anders«, hodsi die Marri dengd, »ba uns dou ißd mer middi Händ.« Und zum Josef hodds gsachd: »Glei wer mer a Zimmer hoom fiir uns zwaa.« Nocherdla sins an die zeha, fuchzeha Mool immer im Greis rum um den groußn Broudworschd-Grill gschuum worn, und nou hodder Josef brummd: »Aa Rundn machi nu miid bam Zimmersoung, nou is Schluß.« Nou sins annern andern Durisdn vobbei, den wou die Bedienung ausverseeng sammds in Mandl an die Gardrob hiig'hängd hodd, widder naus ins Frei. Hinder der Sebalduskirch in anner Niischn is a glanns grauhoorigs Männla middern Mandl bis ball aff die Fäiß noo gschdandn und hodd in Himml a selbergmachds Gedichdla aafgsachd.

Der Marri hodd des Gedichdla ganz goud gfalln, der Josef hodd es erschde Mool seid langer Zeid aa a bissla wenigsdns an Mundwinkl nach oomer gschdelld, und nou sins alle zwaa mid den aldn Moo a Schdiggla miidganger. Der hodd der Marri gsachd, daß wenns Kassnbaziend is, brauchds goornedd erschd in die Flurschdrass nausgäih. Wall dou is edzer um däi Zeid deroordich iiberfülld, daß a Bedd am Gang braggdisch scho erschder Klasse is, und der Bfördner am Eingang des EKG machd. Worschd, ob mer edzer eiglieferd werd odder blouß Besucher is. Der alde Moo hodd ihner sei Annerhalb-Zimmer-Wohnung in Johannis oobuudn. Dou kenners bleim, suu lang daß wolln, aweng a kalde Goons vo der Bedriebsweihnachdsfeier hodder aa nu derbei, und die zwaa Gniedla kennd mer derzou rösdn, und daß der Josef ausschaud wäi a Zigeiner, des is nern suwiesuu worschd, wall er hassd David Löwenstein und is in Theresienstadt aff die Weld kummer. Zu dridd sins in den glann Zimmerla g'hoggd, hom die aafgwärmde Goons und die grösdn Glöös neigmambfd, a Fläschla Frankn homs aafgmachd, ganz vuursichdi, daß ka Drebfla neemnaus gäid, und zum Raung sins weecher der Marri am Balkon nausganger. Es hodd ganz leichd is schneier oogfangd, drund aff der Schdrass woor ka Mensch underwegs. Die Wolkn sin aff der Burch und affn dickn Durm draff g'hoggd, die Baim im Groom worn suu verschneid, daß mer gmaand hodd, sie fanger middn in der Nachd es bläiher oo. Der alde Moo und der Josef hom der Zeid zougschaud, wäis schdäihbleibd, und der Schdille zoug'horchd, wäis kann Muckserer machd. »Josef«, hodd die Marri drinner am Sofa ganz leis gsachd, »Josef, iich glaab, es is suweid.« Nerdirli is nou aweng lauder worn – der Noodarzd, die Hebamm, der Marri ihr Wehen, der alde Moo hodd es Wasser in der Boodwanner ball iiberlaafn loun, und der Josef hodd vuur lauder Aufreechung an Zwedschger brauchd. Obs a Maadler woor, wou in dera Nachd aff die Weld kummer is, odder a Bou, obs nern Heiner daufd hom, Mohammed, Jussuf, Kädder, Aische oder Seraphine, wass mer nedd. Obber gwieß is, dassi der Josef an sei Marri hiidriggd hodd, ganz sanfd ihre Hoor gschdreichld, und gsachd: »Iich hab dich lieb, ganz arch.« Und die Marri hodd im Schlouf gschdrahld, wäi wenn die ganze Weld ihr glanns Dorf wär.

Nämbercher Alldooch

Weggla

Die Menschheid is ja heizerdooch affn Fordschridd oogwiesn wäi der Fiisch affs Wasser. Ohne Fordschridd kein menschliches Leben. Und der Fordschridd widderum konn si nerblouß ausn menschlichn Erfindungsreichdum endwiggln, wall si blouß suu die dringend nodwendiche Vielfald ergibd, ohne däi wou mir nichd exisdiern kenner. Und dou dermid, des mou mer leider amol ganz deidli soong, is ba uns im Fränkischn nedd arch weid her. Nehmer mer doch blouß allaans amol unsere fränkischn Filial-Bägger. Däi Dooch hodd ba uns um die Eggn rum asuu a Bägg sei 135. Filiale aafgmachd. Binni nei und hob mer a boor Weggla kaafn wolln. Ja wos maaner'S, wos der fiir eine windiche Auswahl g'habd hodd!? Iich hob ja grood gmaand, iich bin in der Wegglas-Schdeinzeid vuur zwanzg Joohr, wous nerblouß Schniddweggla, Rundweggla und Kibfla geem hodd und mir damals ball alle verhungerd däärn weecher den unzureichenden Angebood. Ba den Bäggn dou sin edzer im Angebood nerblouß gween: Mehrkornbrödchen, Vollkornbrödchen, Zweikornbrödchen, Paul-Dreykorn-Gedächtnis-Brödchen, Sechskornbrödchen, Mohnbrödchen, Kaisersemmeln, Petit Pains, Kirmeskuchen, Knusperwecken, Pizzazungen, Sesambrödchen, Brioches, Kleiebrödchen, Haferkrusdis. Und des woors nou fasd scho.

Mousder amol vuurschdelln – mid däi boor Wegglas-Sorddn will der miich hindern Uufn vuurloggn. Grood dasser nu a boor leichd verdauliche Jogging-Bröödchen g'habd hodd, Gries-Schribben, Rosettenbrötchen, Soja-Brödchen, Joghurdwecken, Baguette-Semmeln, Grand Painette und Sonnenblumensemmeln. Nocherdla nu Teigschinkenstänglein, Kümmelbrödchen, Schneckensemmeln mid Linksgewinde, Schneckensemmeln mid Rechdsgewinde, hanseadische Rundstücke, Würfelweckla, Zwiebelsemmeln, Leinsamenbrödchen, Rosinenbrödchen – Ende der Salzschdange. Ja ba den Bimberlas-Angebood, dou moußi mi doch unweicherlich froong: Is der fränkische Bägger wergli suu einfallslos, dasser nedd mehr wäi grood amol 150 verschiedene Sorddn Weggla oobiedn konn, odder doud er nerblouß asuu, waller a fauler Hund is. A Wegglas-Bägg, der kennd doch heizerdooch an Loodn hoom suu grouß wäi die Nämbercher Innenschdadd, wenner halbwegs aweng a Vielfald mid seine Semmln hädd. Es mindesde, wos mer verlanger konn, is doch, dasser aweng a Auswahl hodd: Schbinad- und Tofu-Brödchen, Ribisl-Schdänglein, Schdachelbeersemmeln, Gemüseweck, Wecklein Vierjahreszeidn, Hawaii-Bröödla, Buddermilchbrödchen, marokkanische Fladenbrödchen, oberbayerische Kuhflädlein, Vinschgerl, Binschgerl, Hunderdvierundzwanzig-Korn-Brödchen, Dreiecks- und Schbiralbeugl odder a Weckla Sürbris. Nou vermiss iich es eurobäische Hohlweckla, die Bariser Semmel, in sechsfach gebackenen Römerweck, die waffenscheinbflichdiche Wurfsemmel, die New Yorker Hochhaussemmel, den kanadischen Holzweck, den Einweck, die Pfand- odder Leasing-

Semmel. Und wos issn mid däi Haffdn Backmaderialien, däi wou unsere hiesichn Bäggn scheinds ibberhabbs nedd indressiern? Iich denk blouß an die beliebich lagerfähiche Fensderkidd-Semmel, an die Gneedgummi-, Rigips- odder Ytong-Weggla. Dou dermiid kennd mer aa die freischwebende Hängesemmel herschdelln, es Nürnberger Erker- odder Chörlein-Brödchen, in Budznscheim-Weck und die Schbannbeddong-Schribbn. Wenn glusdds nedd amol nachern Weggla, des wou an Gschmagg hodd wäi eine Bidumen-Dachbabbe odder a Form wäi Garddnzwerchla? Und wou bleibd es handsignierde Designer-Weggla, es Kunsd- und Kuldur-Kibfla, die Brunnenfigur-Semmel? Es werd allerhäigsde Zeid, dassi die Wegglas-Bäggn wos eifalln loun, sunsd kemmer si unsern Fordschridd und seine Segnungen ans Baa schmiern.

Ladenschluß

Des wass ja jeder Depp: Je mehr daß ba uns broduzierd werd, desdo mehr werd kaffd, desdo mehr werd wechgschmissn, desdo häicher wern unsere Schuddberch. Houche Schuddberch – hoher Lebensschdandard. Also wenns brummer soll, nou mouß eikaffd wern, daß ner suu grachd. Eikaafn is unser Lebensinhald. Des hom scho die berühmden Philosophn Scho-Bing und Arisdoofeles gsachd. Und edzer sins derhinderkummer, worum daß ba uns momendan nedd suu bsonders leffd – wall mer nemli vill z'weng Zeid zum Eikaafn hom. Und drum mouß endlich es Ladnschlußgesedz wech. Ihner werds ja aa nedd andersch gäih wäi mir ofd. Dou lichi nachds ummer zwaa in mein Bedd, konn nedd eischloufn, wall mer dauernd es Werbefernseeng im Kubf rum gäid – iich sich vuur mir Naßrasierer, Droggnrasierer, 48-Schdundn-Deodorand, Zahnberschdn, wou mer an Gnuudn neimachn kann, Sensodyne, Schabbi, Allwedder-Reifn, Corega-Dabs, Bämbers, abrilfrische Underhuusn odder einen medallicfarbenen Doyooda und wos mer hal sunsd nu alles unbedingd zu an hallwegs erfülldn Leem brauchd. Obber iich konns nedd kaafn, wall in den bläidn Värddl, wou iich wohn, nachds ummer zwaa ums Verreggn ka Loodn aafmachd. Wenni zum Beischbill in Neu Yorg wohner dääd, dou wärs ka Broblem. Däi hom ka Ladnschlußgesedz. Dou hubfi nachds ummer zwaa ausn Bedd raus, gäih niiber am Broodway und scho hobbi mei Zahnberschdn, wou mer an Gnuudn neimachn kann, odder mei abrilfrische Underhuusn. I soogs Ihner, wäis is – des kummd nu suweid mid dera Underdrüggung ba uns, daß mer middn in der Nachd nach Neu York niiberfläing und eikaafn. Und nou hom die Ami unser ganz Gerschdla und mir hom an Dreeg. Ba uns kommer mid den Ladnschlußgesedz grood amol zeha, zwölf Schdundn am Dooch eikaffn. Am Dooch! Nachds ibberhabbs nix. Am Dooch eikaafn, dou is suwiesuu draff bfiffn. Dou konn ja der Mensch masdns zimmli gloor denkn und sachd dann dauernd im Subbermargd: »Des brauch i eingli nedd, und den Grambf dou kemmer aa widder ins Regal neidou.« Also werd dagsiiber vill z'weng kaffd. Obber nachds, wennsd nu halmi bsuffn bisd vom Werzhaus odder aweng draamhabberd – dou leffd doch wos. Dou kummsd nou middern Zeich ham, des wousd sofordd vorna am Garddndiirla widder in Kehrichdaamer nei recyclen konnsd. Dou werd die Wirdschafd ookurbld! Und drum mouß des Ladnschlußgesedz wech. Rund um die Uhr mäin die Gschäfde offn hoom. Braugsd ja blouß amol ausrechner, wäi si dou der Umsadz erhöhd. Edzer konnsd durchschniddlich achd Schdund am Dooch eikaafn. Wenn dou innern Loodn in däi achd Schdund fuchzg Laid kummer, nou is des nix. In viererzwanzg Schdund kummerdn obber dreimool suvill Laid. Und dreimool nix is doch zeha mool besser wäi blouß aamol nix. Nerdirli mouß nou aa die Bevölkerung verdreifachd wern. Und scho gäids uns dreimool suu goud. Iich maan guud – a glanner Gschäfdsmoo, der wou nou 24 Schdund am Dooch allaans in sein Loodn drinnerschdäid, der hodd vielleichd aweng a Freizeidbroblem. Obber selbsd der hädd enorme Einschbarungen und doudurch an gräißern Gewinn. Der brauchd ka Diirschloß an sein Loodn mehr, ka Bedd, ka Nachdkäsdla, ka Essn und kann Schlafanzuuch. Und außerdem kommer ba grouße volkswirdschafdliche Umwälzungen nedd affern jeedn derhergloffner Vuurschdadd-Krämersdepp Rücksichd nehmer. Wou kummer mer denn dou hii? Aff goor kann Fall nachds ummer zwaa zu anner abrilfrischn Underhuusn.

ISDN

»Wos«, hodd der Moo im Delekom-Schobb gsachd, »Sie hom a Dellefon, wou mer in Finger inner Luuch vo anner Wählscheim neischdeggd und die Scheim dreed, und nou laids barrern Deilnehmer, und mid den denner Sie nou eimbfach aweng waafn?« Ja, hobbi gsachd, genauersuu machis immer. Nocherdla hodder mer als erschdes die Adress vom Nämbercher Fernschbrech-Museum geem, als zweides hodder in sei Biroo ninder gschriea: »Kummd amol her alle, dou is nu anner der ledzdn Zeidzeugen aus der Buschdrommel-Generation«, und als driddes hodder mer a neis Dellefon verkaffd. ISDN. Und es Dellefon hassd Baseline. Hobbi den Kaddong mid den Baseline widder zriggbrachd und gsachd, dassi nix zum Händ-Eischmiern beschdelld hob, und Baseline nehmer mir suwiesuu nedd, sondern Nivea. Homs mer nou ergläärd, daß des Bäislein hassd, Baseline Signo two.

Also mid mein Baseline hobbi edzer die ledzdn vier Wochn scho vill Freid g'habd, moußi Ihner soong. Guud, dellefonierd in den Sinn hobbi nunni. Dou binni eimbfach nu zu wenich geschuuld. Obber Kurzwahl hobbi zum Beischbill scho amol driggd g'habd am Bedienfeld, Drennen, Schbeichern, Schdumm-Schaldung, Rückfragegeschbräch aufbauen, AKZ/HKZ löschen, Codenummer eingeben – hodd mer fräihers aa nedd g'habd, eine Kotnummer – und Hörer abnehmen. Hörer abnehmen glabbd scho ganz schäi, hodd mei Operator gsachd, wenn i suu weider mach, derffi nexd Wochn vielleichd scho amol ans Nedz. Oogfangd hobbi vuur vier Wochn nerdirli middn Allereimbfachsdn in der Bedien-Anleidung. Dou hodds g'hassn: »Bei Erst-Inbetriebnahme müssen Sie Ihr Telefon für die Wahl externer Rufnummern bzw. Wahl in die Hauptanlage einmalig mit automatischen Wahlpausen zur Anschaltung an die Vermittlungsstelle der Telekom bzw. an die Hauptanlage nach Wahl von Kennzahlen oder der Signaltaste programmieren.« Den Sadz hobbi fei ofd gleesn. Mid großem Reschbeggd. Dou moußd erschd amol draffkummer. Odder zum Beischbill dou draff: »Ist Ihr Telefon am Impulswahlverfahren IWV angeschlossen, haben Sie die Möglichkeit, das Wahlverfahren Ihres Telefons zeitweise von IWV auf MPV umzuschalten. Durch Umschalten des Wahlverfahrens von IWV auf MPV können Sie in Verbindung mit den Sondertasten Stern und Raute während eines Gesprächs Informationen eingeben.« Nou is in mir der Impuls aafkummer, dassi an Konjagg brauch. Hobbi an mid der Sonderdasde Fünf-Stern gnummer. Als nexdes hobbi nocherdla die Wahlwiederholung dräinierd. Dou hommer a Gaudi g'habd, konni Ihner soong. Also des is suu ganger: Hörer abheben, Wählton abwarten, Wahlwiederholungstaste drücken. A boor Minuddn schbeeder laid mei Bäslein. Wählton abwarten, Hörer abnehmen, woor alles nu richdich. Nou soochi nei in mei Bäslein: »Hallo. Is dou wer?« Sachd zu mir aa anner: »Hallo, wer issn dou?« Nou hobbin gfrouchd, wosser vo mir will, wenner scho ooruufn doud. Nou sachd der, dasser nedd oogruufn hodd, sondern iich hob ihn oogruufn. Asuu a Depp – ba mir hodd doch es Dellefon glaid. Mir sin nou fei suu ins Schdreidn kummer, wer edzer wen oogruufn hodd, dass mer allezwaa aafgleechd hom.

»Rimbviech, saubläids«, hobbi grood nu g'heerd. Kaum hobbi aafgleechd, laids scho widder. Woor widder der Hallo droo und hodd gsachd, dass wenni mid mein Dellefon-Derror nedd aafheer, lässder eine Fangschaldung leeng, und nou zeichd er mi oo. Und wissen's, wossi nou gmachd hob? Iich bin ja nedd bläid – iich hob die Schdumm-Taste driggd. Dou hassds nemli in der Bedienanleidung: »Wenn Sie nicht möchten, daß Ihr Gesprächspartner Sie hören kann, drücken Sie die Stummtaste. Gleichzeitig hören Sie Ihren Gesprächspartner auch nicht mehr. Die Verbindung bleibt jedoch bestehen.« Wos bessers gibds doch goornedd: Iich hob nern in Doldi naaf und noo g'hassn, er miich woorscheins aa, kanner hodd wos g'heerd, und die Delekom hodd aa wos verdäind derbei. Alles mid mein neier ISDN Bäslein.

Wenn die Händys pfeifen

Iich bin ja, rein delekommunikazionsmäßich gseeng, binni immer nu aweng a rüggschdändicher Mensch. Derhamm wenni bin, dou dou iich ja ofd amol a ganz Schdund odder goor zwaa ibberhabbs nedd dellefoniern. Und wenn der bläide Kasdn vo sich aus laidn doud und goornemmer nouchlässd, nou heb i ab, sooch »Hier is der audomadische Dellerfonbeandworder, bidde schbrechen Sie jedzd«. Und nou leechi widder aaf. Obber neili hobbi ba anner Beschbrechung im Geschäfd die Segnungen vo der verschärfdn Delekommunikazion es erschde Mol suu richdich miidgräichd. Und edzer – iich sooch Ihner, wäis is – edzer kaafi mer aa a Händy. Wissn's scho – des glanne schwarze Käsdla, wou heizerdooch fasd scho a jeder middern Einmachgummi ummern Kubf rum am Ohr fesdgmachd hodd und mid dem er schdändich ins D-1-Nedz neihorchd, ob nedd wer mid ihn reedn mecherd. Also um wos ba dere Beschbrechung neili im Gschäfd genau ganger is, konni Ihner edzer aa nedd soong. Jeednfalls um wos ganz Wichdigs, wall sunsd hädd mers ja nedd beschbrechn mäin. Zu sechsd simmer baran Seidla Mineralwasser ummern Kombferenzdiisch rumg'hoggd. Und nou hodd anner oogfangd und hodd gsachd: »Also meine Herrn, die Umsadz...«. »Umsadzzahln« hodder vielleichd soong wolln. Mir wass obber nedd genau, wall in den Momend aff aamol wos dumbf und vo ganz weid wech zwidscherd hodd, wäi a Wander-Uhu aff der Fluchd. Hodd der Moo in sei Manager-Kefferla neiglangd, a glanns schwarz Käsdla rausg'hulld, aafglabbd und neigsachd: »Naa, des gäid edzer nedd, iich bin in anner Beschbrechung.« Es is obber nou scheinds doch ganger, waller lang in des Käsdla neigredd hodd. Fasd gleichzeidich hodds nou ba den Moo neem mir ausn Aggdn-Koffer bfiffn, und ba dem geengiiber hodds immer in der Brusddaschn dirillierd. Hobbi zeerschd dengd, der is momendan allaans derhamm und hodd sein Wellnsiddich miid in die Beschbrechung nehmer mäin. Woor obber aa ä Händy. Ner ja, nou hom däi drei awalln mid ihrn Händy gredd. Der aa iibers Wedder, der ander, wos haid oomd zum Essn geem kennd, und der dridde hodd in sein glann schwarzn Kommunikazions-Sarch goud und gern a Värddlschdund neiblauderd, dasser edzer under keinen Umschdänden neiblaudern kann, waller in einer wichdichn Beschbrechung is. Der andere Nachber vo mir, der woor scho ganz aafgreechd, wall ba ihn nix zwidscherd hodd. Nou baggd der aff amol mein glann schwarzzn Nodiz-Kalender, häld nern ans Ohr hii und brülld nei, wou edzer des Geschbrääch mid der Firma Schlooch & Badscher KG bleibd, des wou er scho vuur anner Schdund beschdelld hodd. Iich hob nou scho zu ihn gsachd, er soll mein Kalender nedd suu ooschreier, wall der is meines Wissens nichd ans D-1-Nedz oogschlossn. Er hodd mern obber freiwillich widder geem, walls in sein Kuffer endlich aa glaid hodd. »Also, meine Herrn«, hodd der vorna am Diisch widder gsachd, »kummer mer zu die Umsadz...« Woorscheinli hodder widder Umsadzzahln soong wolln. Blouß hodd mer nedd genau gwissd, zu wen. Wall edzer hodder nu a zweids Händy am andern Ohr droo g'habd und vuur sich a Geengschbrechanlooch.

Anner is a boor Meder wech vo unserer Beschbrechung mid sein Händy undern Schreibdiisch noograbbld und hodd ganz leis neigflisderd. Des is woorscheins a Geheimgeschbräch gween middn Sigrid-Service. Dadsächlich hodd mer undern Schreibdiisch vuur g'hööörd, wäi er gsachd hodd: »Sigrid, innern Schdindla binni dou, gell.« A halbs Schdindla hobbi mer däi Beschbrechung nu oog'horchd, und wäi i mi nocherdla verabschied hob, homs mer zum Adee-Soong masdns die Fäiß hiig'haldn. Wall in die Händ homs ja es Händy g'habd. Draußn aff der Doileddn hobbi aa nu an Deilnehmer vo unserer Beschbrechung droffn. Der schdäid grood vuurn Beckn, verichd sei Gschäfdla und sachd zu mir nieber: »Um numol zriggzukummer aff die Umsadz...« – ›Umsadzzahln‹ hodder ewendwell soong wolln. In den Aungbligg zwidscherds, und er sachd zu mir: »Iich hob grood ka Händ frei, häddns mer gschwind amol mei Händy aus der Huusndaschn rausg'hulld.« Nou hobbi in Abordd fluchdoordich verlassen.

Aktiv-Urlaub

Vielleichd konnsi jemand nu dunkl an däi Zeidn erinnern, wou mer fräihers achd Mann und fimbf aafbladzde Kuffer in sein VW-Käfer neibressd hodd und nach Muggndorf odder aff Kaddlschburch odder in die Schüddersmühl in die Summerfrischn gfoorn is. Dou bisder scho glei hinder Laff vuurkummer wäi ein Weldnbummler, und in dein Bauch hodds der vuur lauder Aufreechung zabbld, wäi wenns fräih zon Wasserkakau an Omassnhaufn geem hädd. Des Gribbln vuurn Urlaub – des erreichd mer heizerdooch, wou a jeeder allers hodd, nerblous nu mid allerhäigsde Anschdrengungen. Lido di Jesolo, des is Kouhweiher, Malediivn konnsd vergessn, Karibik – dou fäärd a jeeder Sandler aff Kranknschein hii. Also hoggsd edzer doddn vuur dera sandgschdraaldn Reisebüro-Hosdess und läsdder fiir zehadausnd Marg einen Aggdiv-Urlaub neidriggn. Wall wennsd vielleichd maansd, der Urlaub is a Gaudi, wousd värzza Dooch lang dei Wambn in die Sunner häldsd und alle halbe Schdund ä Fläschla Bier iibern Gnorbl laafn lässd, nou hosdi woorscheins ganz schäi daischd. Heizerdooch mousd wos bringa fiir dei Geld. Drei Wochn lang Sörfn in der Ägäis, dassder dernouch der Neobreen-Onzuuch scho an die Haud hiigwachsn is; odder zwaa Wochn barfers am Nanga Barbad naafgrabbln; odder wos nerdirli wos ganz Exglusiives is: Du gäisd aff su a Überleebns-Drääning. Des is es allerhäigsde, wos mer si fiir sein Urlaub vuurschdelln koo. Dou gräigsd a Schdiggla Kubferdrood als Grundausrüsdung, nou hoggsd di innern Fliicher nei mid zwanzg andere Debbn, däi wou nedd wissn, wäis ihr Zeid am Kubf hauer solln und nou lassns di irchndwou in der Wüsde, im Urwald odder in Finnisch Sibirien widder raus. Nacherdla drehas di wäi a Druudl-Madam im Greis rum, geem der an Dridd in Hindern, und in värrza Dooch, soongs, kummd der Fliicher widder und nimmdi mid hamm. Mid den Kubferdrood, dou konnsd zum Beischbill fiirs Oomdessen an Elch erdrossln, deine Blousn an die Fäiß aafschdechn, an Baum umsääng, Forelln fanger, odder du konnsdern, wennsd bannern Gwidder flach am Bauch liggsd, als Blidzableider in Hindern neischdeggn. Nach anner gnabbn Wochn hosd masdns scho dreißg Bfund abgnummer, wall fräih zwaa Reengwirmer, middooch an Husdnbombom und oomds an Maierkeefer – des sin ja kanne Kalorien. Nach zeha Dooch ungefähr konnsdi bereiz middi Schnoukn in denns ihra Schbrouch underhaldn, den Aasgeier, der wou dauernd hinder dir herfläichd, hosd verschbrochn, dassd nern miid haam nimmsd zu deine zwaa Wellnsiddich, und am Sunndooch, dou hausder zur Feier des Tages zwanzgdausnd Bladdlaus-Eier in die Bfanner. Im Fall, dassd nou doch nu a weng an Hunger hosd, konnsder ja nu a Händ vull Omassn neiworng. Und wennsd däi Omassn noogschluggd hosd, nou kummds: Nou gribblds nemli in dein Bauch genauersuu wäi vuur fimbferdreißg Joor, wousd in die groußn Ferien zur Summerfrischn nach Muggndorf foorn hosd derfn. Es leffd doch alles affs gleiche naus im Leem.

Profi-Zuschauer

Iich woor ja fräihers aa ein begeisderder Schbordler. Die Samdsdooch nammidooch direggd vom Kaffeedrinkn wech mid ledzder Grafd am Sofa naafgrabbld, in der ganzn Wohnung äußersde Ruhe befohln, under anner ungeheueren Willensanschdrengung mid der groußn Zeha naaf bis zon Fernseh, affs Gnebfla driggd und nou die Schbordschau gschaud, wäi houch daß haid der Glubb verlierd. Und dernouch hosd di vo die schbordlichn Anschdrengungen und diefn Debressionen weechern Glubb a Wochn lang erhulln kenner. Obber edzer als aggdiver Hochleisdungs-Schbordglodzer – dou kummsd ganz schäi in die Bredullje, Freind. Allaans bam Foußballn. Samsdooch Bundesliga, Sunndooch Bundesliga, derzwischn Nuremberg Ice-Tigers, Noris Rams, Mondooch Bundesliga, zweide Liga, widder Foußball. Diensdooch Pokal, Middwoch Champions-League, Dunnerschdooch UEFA-Cup, Fudschi-Cup, Subber-Cup, Freidooch fräih Nachholspiele, oomds scho widder Bundesliga. Alles direggd und live im Fernseh. Und mer indressierd si ja nedd blouß fiir Foußball: Ice Tigers und Noris Rams hommer scho g'habd, also Eishoggy und American Football. Nou hommer nu Schumi, Franzi und Schdeffi, die All-German Schdeuerhinderziehungs-Championships, Billard an der Viererbande, Biadlon, Driadlon, Maradon, Wimbledon, ich komme schon. Flaschn Meddworschd in Neu York, Wasserballedd am Lake Kouhweiher, die Schweinau Open im Linkshänder-Bubbln.

Des is obber nu lang nunni alles. Nachds kummd nu Wrestling, Kricket, Golf middn Biblforscher vo Anhausen, Langschdreggn-Dauching durch die Kanalisazion, Fingerhakling, Maßgruuch-Schmeißing, Worschdschnabbing und Sackhubfing. Alles im Fernseh mid indressande Inderviews, wou die Reborddder ja edzer ofd scho under der Grasnarbe eigroom sin, im Dornedz hänger odder unvermuded aff amol middn Miggrofon aus ihrn underirdschn Verschdegg maulwurfardich direggd am Elfmederbungd rausgrabbld kummer und in Klinsi froong, in welches Eck dasser sein Elfer voraussichdlich schäißd. Also wossi dermiid soong will – der Schbord heizerdooch is deroordich komblex worn, mendalmäßich gseeng, suwos vo indressand, daß iich fei ofd amol värzza Dooch lang ibberhabbs nemmer vo mein Sofa rookum. Die Endwigglung im Schbord gäid ganz gloor zum Broffi-Zuschauer hii. Iich mouß in der Saison ja alle zwaa Dooch mindesdens ammol rumdreed wern, dassi mi nedd wundleeng dou. Nou brauchi fräi und oomds eine Gesäßmassaasche, Aungdrobfn – und die Dunnerschdooch hommer Dräiningsloocher bam Möbl-Neuberd in der Couch-Abdeilung. Des zoohld doch ka Krankenkassa! Und däi drei Schdund am Dooch, wou der nu iibrich bleim – des rendierd si doch goornedd, daß mer nu in die Ärwerd gäid. Wall du braugsd ja aa nu aweng a Zeid fiir an deoredischn Underrichd. Manche wissn doch goor nemmer: Is edzer der Schumi a idalienische Breidband-Nuudl, a algerholfreies Bier, a Rasierklinger für des Besde im Mann, schbildder ba Bayern München, ba die Düssel-Village Lions oder ba die Nuremberg Schweiß-Teigers. Mid harrdn W. Und drum mouß endlich der gud ausgebildede Berufs-Schbordzuschauer her. Wall wos nidzdn denni anner, der wou nach anner Schdund scho ermadded vom Sofa rollerd und undern Diisch drundn vull abschnarchd? Der Berufszuschauer middern richdichn Aung-Dräining, mid anner Hornhaud im Gemüd und an Bredd vuurn Kubf, der häld des leichd aus – viererzwanzg Schdund Schbord-Fernseeng am Dooch. Und Broffi-Looking bringd ja aa wos fiir die Bersönlichkeizbildung. Mir kenner nou wasserfallardich reedn wäi der Lodar Maddäus, schauer aus wäi der Berddi Vogds, hom a Bankkondo wäi der Kaiser und alle fimbf Minuddn an Werbeblogg. Mehr kommer vom menschlichn Dasein doch wergli nemmer verlanger.

Tiere im Asyl

Hoddsi doch däi Dooch der Scheff vom Nämberger Dierheim, hodder si aafgreechd, daß seid anner Wochn seine Käfich alle vull sin mid ausgsedzde Hund, Kadzn, Groggodil, Kobra, Goldhamsder und Rodgesichd-Makakn. Und daß des a Sauerei is, daß die Laid, korz bevuurs in Urlaub foohrn, ihre Hausdiere gschwind aff die Schdrass nausschdelln. In der Hoffnung, daß irchnd jemand den Findl-Babbagei scho miidnimmd und widder aufbäbbln doud. I mechd blouß wissen, worum si der Moo edzer dou suu aafbumbd. Erschdns amol gibds fiir ein Dier, des wou a Joohr lang dauernd ausn Derrarium affn Fernseh glodzd hodd, gibds noch nix Schenners, wäi wenns sei Freiheid widder hodd. Und nou mechdi den Dierheim-Heiner amol seeng, wenn der mid vier Schdreifnhörnchen, achd Goldfiisch, 125 ägybdischn Wüsdendanzmäusen und an zwaa Meder langer Dornschwanzleguan vier Wochn lang in Urlaub in die Karibik fläichd. Soller doch amol in die Laffer Gass affs Baßamd gäih und an Reisebaß fiir einen Dornschwanzleguan beandroong. Der fläichd kanne vier Wochn in die Karibik, der fläichd nach vier Sekundn widder naus aus den Baßamd! Asuu a Leguan – der hodd in einem Club Mediderranee eimbfach nix verlurn – der g'herrd nach Gosdnhuuf, wou er herkummd. Odder dann eem ins Dierheim in der Schdaadenschdraß. Des is doch aa ka Broblem. Erschd neili in der U-Bahn kummd a Riesnschildgröödn rei, hodd ordnungsgemäß ihr Mobi-Card in der Goschn und a Zedderla am Banzer hiibichd, dou is draff gschdandn:

»Mein Name ist Fritzi, ich fresse gern Bizza Vongole, Meeresalgen, Kopfsalat und Artischocken, bitte bringe mich ins Tierheim.« Also mehr kommer doch fiir su a Viech wergli nedd machn. Däi Laid, wou die Riesnschildgröödn Fritzi ordnungsgemäß aff die U-Bahn-Rolldrebbn hiigleechd hom – des sin doch echde Dierliebhaber. Däi wern si nach ihrn Fritzi die Aung ausgreiner und vuur lauder Sehnsuchd aus ihrn Urlaub aff die Galabagos-Inseln widder a Riesenschildgröödn miidbringer. Und wenns goornedd andersch gäid, als Subbnwürfl. Durch unser grouße Dierliebe, dou gräing mir ja aa mid der Zeid eine unheimliche Ardenvielfald in Feld, Wald und Flur und in der Bengerz, dou is der Diergarddn a Dreeg dergeeng. Edzer in der Haubdaussedzungszeid konnsd im Schdaddbarg glanne Rhesusäffla in die Birkn rumhubfn seeng, im Fichdelgebirch is a Ruudl vo halbverwilderde Rauhhaardaggl beheimaded und im Dechsendorfer Weiher zäing edzer scho ball widder Hunderddausende von Schleierschwänz in ihre Laichgründe.

Daß ein ausgsedzder Waran im Winder in die Häuserschluchdn vo Giwidznhuuf kanne Überlebens-Chancen hodd? Ja godd, schderm mäimer alle. Und läiber leechi mi doch in meiner Heimad Giwidznhuuf zur ledzdn Ruhe wäi irchndwou innern suu an dreggerdn Urwald.

Und dann is doch suu: Aamol im Joohr mouß auch der dierliebe, zivilisierde Mensch endschbanner – dou kummer die Aldn in die Ganz-Tages-Pflege, die Kinder gräing vo der Schdadd an Ferienbaß und die Kadzn an liebevolln Oorschdridd in Richdung Dierheim. Suu hodd alles sei Ordnung und mir unser Rouh.

Volkslied

Nerblous amol oognummer: Fiir morng hodd si die Verwandtschafd zon Kaffeedrinkn oogsachd mid achderzwanzg Mann, in dein Kubf grabblds wäi a Maierkäferschwarm, dei Garddnzwerch hodd die Scheidung eigreichd, der Wellnsiddich hodd nach sein Schdurzfluuch in die Maibowle a Leberzirrhose, draußn zäing Wolgn aaf und die Schwiechermudder ... Also mid an Wordd: Es is widder amol hind häicher wäi vorn. Wos hilfd uns nocherdla am schnellsdn widder aus den diefn Dal der Debressionen?

Genau, Musik – nix andersch wäi der Seelenbalsam vonnern schäiner deudschn Heimadlied. Mir schäim si a CD nei vo die Gschwisder Schdrumbfmannsbercher, vo die Kasdlruuder Schboodzn mid ihrn gleichnamichn Hirn, die Bflunzerauer Harfn-Musi, der Winslbacher Dreigesang odder die Original Obergreiner Bfliidsch-Musigg und ihre wunderboorn Lieder vo Freud und Leid, Weh und Ach und Dick und Doof. Däi froong uns in ihre herrlichn Lieder zum Beischbill: »Hörst Du die Glocken von Stella Maria? Sie klingen so hell und so rein. Hörst du die Glocken von Stella Maria? Sie laden zum Beten dich ein. Weit klingen sie über das Tal und sagen, es war einmal. Hörst du die Glocken von Stella Maria?«

Wos wolln uns edzer die Glocken von Stella Maria soong? Sie wolln uns soong: Kaaf der die Schallbladdn um 22 Marg. Wall wenn zum 25. Mool derhamm es Dellefon laid, nou konnsder denkn: Schdeich mer doch am Buggl naaf, des is nedd es

Dellefon, sondern die Gloggn vo Stella Maria, sie läuten so hell und so rein. Odder nu besser is der Volgslied-Dexd, den wou ein gewisser Bernd Ruhla in langen, ruhelosen Nächdn dichd hodd. Der hassd, kommer in den Volkgslieder-Dexdbichla nouchlesn, also der hodd die Verse verfassd: »Ho-Di-Lei-I, Ho-Di-Di-Lei-I, ganz egal, ob arm, ob reich, auf dem Berg sind alle Menschen gleich, Ho-Di-Lei-I.« Hodd der fei ganz allaans gschriem! Fallsd aa amol am Berch naafschauer willsd, wous kann Underschied zwischer Arm und Reich gibd, und diich bredderds a zwaahunderd Meder houche Felswänd noo, nou moußd serfordd an des Volkslied von an Günther Behrle denkn. Der hodd in sein Lied neigschriem: »Schutzengel, Schutzengel, bleib doch bei mir, beschütz mi, dann schenk i mei Herz dir dafür.« Und in den Aungbligg zäichd di der Schudzengel, Schudzengel korzz vuurn Aufbrall widder naaf affn Berch. Obber nu besser is des Volkslied vo der Volksdichderin Emma Holder, der wou scheinds in anner einsamen Nachd der Heiliche Zwedschgngeisd erschiener is und in ihrn Kuuglschreiber neiinschbirierd hodd: »Drunt am Bach, wo die Birken stehn, hab i als Kind a Wunder gsehn. I ging durch a goldne Tür und a Engerl neben mir, es hat mir im Traum a Leiter baut, und i hab in Himml eini gschaut. Später war mir klar, Wunder, die sind rar.« Und schbeedesdns edzer werds aa uns gloor: Es neie deudsche Volgslied, des zäichd durch, des fedzd, des zreißder es Herz und es Drommlfell, wäi wennder es Driefual-Duo midder Bladzbadrona Bavariae middn ins Ohr neigschossn hädd, und a schäins boor Marg konnsd aa dermiid verdäiner. »Ford sind alle Sorgen, wir brauchen nichts mehr borgen. Ho-Di-Di-Lei-I.«

Mars-Männchen

Glaam Sie's – iich hob scho ball am Leem verzweifln wolln. In ganzn Dooch hersd blouß Mord und Doodschlooch, Griesn, Kaddasdroofn, Arbeizlosichkeid, Bierbreiserhöhung, Wedderberichd. Dou hauds der doch die Debressioner schneller durchn Kubf durch, wäisders middern Seidler Weizn widder löschn kannsd. Und drum is häigsde Zeid worn, daß mer in die Nachrichdn widder amol wos Gscheids heerd. Iich bin edzer nu ganz iiberwäldichd vuur lauder Freid: Affn Blaneedn Mars homs Schburen von brimidiivn Leben endeggd! Also iich kenn mi ja aus middi überirdischn Gräfde, wall miich zäichds ba Vollmond immer unwillkürlich ins Werzhaus. Und iich sooch Ihner: Däi Endeggung vo Schburen brimidiivn Lebens am Mars sin der Jahrdausnd-Hammer. Iich maan guud – sie homs nedd am Mars endeggd, die Schburen brimidiivn Lebens, sondern innern glann Schdaa aff der Erdn, der wou vielleichd amol vom Mars odder wou roogfluung is. Und ob däi ganz glann Schburen wergli amol glebd hom, waß mer aa nedd genau. Und es kennd nerdirli edzer anner soong: Schburen brimidiivn Lebens – däi gibds ba uns aff der Erdn aa. Wousd hiischausd – ba anner glann Bargbladz-Rafferei in der Innenschdadd, aff der Audobahn, bam Kanzler seiner Regierungsergläärung, nachn Waschn die Samsdooch im Badwanner-Wasser – iiberool Schburen brimidiiven Lebens. Obber hald nedd 399,9 Millionen Kilomeeder wech vo der Erdn. Des is ja der Hammer! Wall je weider daß wos wech is, desdo mehr konnsd driiber erzilln.

Iich wenn haid a amerikanischer Brofessor wär, iich dääd a Woor beweisn, daß die Laid die Aung drobfn. Dou wäärn däi glann gräiner Männla, wou bis vuur korzn am Mars nu glebd hom, a kosmischer Dreeg dergeeng. Dassi aff Grund vo meine Forschungen oonehmer konn, daß am Mars vuur Milliardn vo Jahren scho Akku-Bohrschrauber geem hodd, Beweechungsmelder und schnurlose Dellefone. Daß dou die Lebeweesn aff ihrn Drimmer Kubf Hunderde vo Aung g'habd hom, und desweeng die reichsdn Laid im Mars die Brilln-Fabrikandn woorn und die Obbdigger. Daß jeder an Brobeller im Hindern g'habd hodd, und wenns die Freidooch Sauergraud geem hodd, homs ohne an Drobfn Benzin ins Wochenend fläing kenner. Ach Godd – mer kennd vill erzilln vo den Blaneedn dou droomer, wemmer a Wissnschafdler wär. Obber mir langd momendan edzer scho amol des mid däi Schburen vo brimidiivn Leben, wous maaner, daß endeggd hom. Wall blouß amol oognummer, der Schdaa, den wou der Brofessor undersouchd hodd, is wergli vom Mars und nedd ausverseeng vom Moridzberch und däi Schbur von einem Einzeller is wergli amol a Einzeller gween und nedd a Resdla Muggnschiß – und der Brofessor hodd nedd zufälli vuur seiner Endeggung a boor Mouß Kärwa-Bier aff Ex ausgsuffn – ja nou kenner mir fei wergli vermuudn, daß vuur zich Milliardn Joohr aff den Mars amol irchndwos ganz Glanns rumgrabbld is. Vielleichd ein sogenanndes Nichds mid an Baa droo, odder goor a Schdaubkörnla, des wou der Wind wechblousn hodd. Also kennd doch sei, odder? Und drum werd edzer alles Menschnmögliche undernummer, homs gsachd, daß mer suu ball wie möglich aff den Mars anne naafschiggn, daß nouchschauer. Drei Joohr hii und drei Joohr widder zrigg. Und nou bringers a boor Schdaaner im Ruggsagg miid, und mir Debbn aff der Erdn hom widder wos zon Glodzn und zon wissnschafdlichn Forschn. Is ja ba der erschdn Mondlandung ganz genau asuu gween. Ner ja, am Mond, dou fäährd edzer kanner mer hii. Obber die Schdaabrichla ba Worzldorf, i wass nedd, ob Sie's kenner, also i drau mi weddn – irchndwann kummer däi rein wissnschafdlich aa numol ganz grouß raus. Erschdns sin Schdaaner dou und zweidns is mer ledzde Wochn dou in den Werzhaus *Zum Steinbrüchlein* wos in mei Biergriichla neigfluung. Obs eine Schbur brimidiivn Lebens direggd vom Jubidder gween is odder a dummgsuffne Websn?

Raus aus der Stadt

Schlagrahmdampfer

Möglicherweise schmecken die Karpfen noch genau so wie vor fünfzig Jahren. Im Herbst hört man die Lastwagenmotoren lauter, weil die Luft dünner ist. Im Winter geht man unter den Linden durch den Park, einen Pelz zieht man über, durch die Kippfenster hört man die Musik, an die Geschwindigkeitsbegrenzung hält sich niemand im Niemandsland zwischen Fürth und Nürnberg, und im Aufblendlicht ist der Glühwein im Glas dunkelrot. Bei Glatteis kann man unter den Linden Karambolagen hören und kreisende Lichter sehen, blau, weiß und gelb, und sogar der Rettungshubschrauber ist schon einmal hinter dem kleinen Wäldchen gelandet. Der Gasthof Weigel in Kronach an der Autobahn ist immer noch ein Anziehungspunkt.

Mögen die Karpfen genau so schmecken wie vor fünfzig Jahren, die Luft über Kronach schmeckt, wenn man vom Lindenduft im Wirtshausgarten absieht, nicht mehr so wie damals. Nicht lange nach der Jahrhundertwende roch die Luft in Kronach ganz klar nach Apfelblüten im Sommer, nach Kaffee und Zwetschgenkuchen, im Herbst nach faulen Blättern und frischgebranntem Schnaps, im Winter nach heißen Wienern und Punsch. Und stets roch die Luft über Kronach nach einem soliden Geschäft. Da stand der Gasthof Weigel am

Ludwigskanal, und davor lagen die drei Motorschiffe vor Anker, die die Fürther und die Nürnberger unter dem Vorwand einer lustigen Kanalfahrt jeden Sonntag zu Tausenden in den Wirtshausgarten brachten. »Schlagrahmdampfer« hießen die drei Schiffe, die dem Gastwirt Peter Weigel schönes Geld einbrachten und seinen Besitzstand mehrten.

Der erste Schlagrahmdampfer wurde – nach bescheidenen Versuchen mit einem pferdegezogenen Holzboot – am 25. Juni 1925 zu Ehren der bayerischen Kronprinzengattin auf den Namen »Antonia« getauft und sogleich auf Fahrt geschickt. Die »Antonia« konnte vorwärts und rückwärts fahren, was wegen der Enge im Kanal sehr wichtig war. Der Sonntagsausflug nach Kronach kostete zwanzig Pfennig, für Kinder zehn, und wer sich beim Weigel dann eine Tasse Kaffee mit Schlagrahm leistete, fand unter der Tasse eine Freikarte für die Rückfahrt.

Neunzehntausend Reichsmark hatte die »Antonia« gekostet, mit fünfundzwanzigtausend Reichsmark schlug der »Karl« zu Buche, der zwei Jahre später zusammen mit dem »Hansi« die stolze Flotte der Weigels vervollständigte. Dieses Schiff war als Gelegenheitskauf für ganze zweitausend Reichsmark vom Starnberger See nach Kronach überführt worden. Und wenn der »Hansi« auch der billigste und der zierlichste unter den drei Spazierdampfern war – bei den Sonntagsausflüglern wurde der kleine Flotten-Letzte als Lieblingsboot geführt.

Nur ein paar Kilometer Luftlinie vom einstigen Kanal entfernt, in Großgründlach, wohnt Hans Weigel heute in einem Einfamilienhaus an der Hauptstraße. Der älteste der Weigel-Söhne hatte damals, im Jahre 1927, auf eigenes Risiko den »Hansi« gekauft und in das Geschäft des Schwagers eingebracht. Einundachtzig Jahre ist der Hans Weigel nun alt, allein lebt er in dem Häuschen an der Hauptstraße mit seinen Erinnerungen an die alte Zeit, die, jedenfalls für die Weigels, von der Jahrhundertwende bis zum Kriegsausbruch 1939 auch eine gute alte Zeit gewesen ist. Im Garten zieht sich der Hans Weigel Kartoffeln und Salat, Rettiche, Radieschen und Kohlrabi, und im Hausgang hängt ein schönes Bild von der christlichen Seefahrt mit einem goldenen Rahmen. Es zeigt ein Schiff auf graugrünen Wellen mit weißer Gischt auf den Kämmen, das dem Sturm selbstverständlich trotzt. Für das kleine Schiff des Hans Weigel waren die Stürme schon 1932 entschieden zu heftig geworden. Das Ende kam mit der Arbeitslosigkeit. Einen Schnaps schenkt sich der Hans Weigel ein, und er zieht den Einmachgummi von den Erinnerungen. »Zweiunddreißig war des scho. Da hat doch keiner mehr eine Arbeit g'habt. Und Arbeitslose fahr'n am Sonntag nachmittag net mit'n Schiff zum Kaffeetrinken. Des war halt nix mehr, und da hab' ich aufg'hört mit mein Schlagrahmdampfer.«

Mit einer Pelztierfarm hat es der Hans Weigel nachher noch versucht, dann hat er in Memmingen eine Geflügelzucht eröffnet, schließlich ist der Krieg gekommen, und nach der Währungsreform hat er beim Finanzamt einen Posten als Fahrer gekriegt. Wenn er an den Krieg denkt, wird es still in der kleinen Küche in Großgründlach mit Blick auf den Gemüsegarten. Sein Sohn ist im Krieg gefallen, mit siebzehn Jahren. Nach ihm hatte Hans Weigel 1927 auch sein stolzes, kleines Boot vom Starnberger See auf den Namen »Hansi« getauft. Der Hans Weigel, sein Sohn und das Boot mit den sechzig Pferdestärken – so sind sie fünf Sommer lang in den großen Ferien jeden Tag zu dritt von Kronach nach Doos und wieder zurück gefahren. Erwachsene zwanzig Pfennig, Kinder die Hälfte, Rückreise gratis, wenn man einen Kaffee mit Schlag vom Weigel getrunken hatte.

«Manchmal«, denkt der Hans Weigel, »manchmal meint man, es is erscht zwei oder drei Jahr her. Es war eine schöne Zeit. Man sagt das halt so. Aber es war wirklich eine schöne Zeit, die schönste in meinem ganzen Leben.«

Zu dritt sind sie an den Apfelbäumen entlanggefahren, an Schrebergärten vorbei und unterm blauen Himmel. Es hat nach Heu gerochen, die Kinderwagen sind auf dem Oberdeck festgebunden worden, der Sohn ist noch nicht einmal in der Schule gewesen, da hat er schon steuern dürfen. Über die Stadtgrenze sind sie gefahren, und wenn es die letzte Fahrt war, dann ist der Sohn am Ruder gestanden und der Vater daneben mit seiner Trompete und hat am Vollmond vorbei schöne Lieder gespielt. »Meistens hab' ich geblasen ›Frühmorgens, wenn die Hähne krähn‹. Das hat den Leuten am besten gfalln. Und wenn's finster war, war unser Boot sogar beleuchtet.«

Nicht immer ist der Hans Weigel selbst Kapitän auf seinem Boot gewesen. Das gute Geschäft mit der Kanalschiffahrt hat es getragen, daß er sich den Max Strössner als Chauffeur einstellen hat können. Der Strössner ist zwar kein Musikant gewesen und

»Frühmorgens, wenn die Hähne krähen« ist bei dem nicht mehr durch die Vollmondnacht geblasen worden, aber dafür hat er sich sehr gut auf den Umgang mit den Damen verstanden. »Der war scharf auf die Weiber«, sagte der Hans Weigel, und so ist das Gedränge am Landungssteg in Doos wieder beim »Hansi« am größten gewesen. Man hätte die Strecke von Doos nach Kronach ohne weiteres auch zu Fuß gehen können, und es hätte nicht viel länger gedauert als an Bord von einem der drei Weigel-Schiffe. Nach der Kanalordnung hat ein Motorschiff nur mit acht Stundenkilometern fahren dürfen, damit durch die Wellen nicht die Uferböschung zerstört wurde. Unglücksfälle hat es bei solchen Geschwindigkeiten natürlich so gut wie keine gegeben. Nur der Hans Weigel hat einmal ungefähr an der Stadtgrenze zwei Paddelbootfahrer übersehen. Personen, so stand es am Montag im Polizeibericht, sind dabei nicht zu Schaden gekommen.

Als Sensation wurde dagegen im gleichen Sommer von der Presse der Vergaserbrand vom »Hansi« bewertet. Im August ist das passiert, schon kurz vor dem Saisonende, da war der »Hansi« mit nicht ganz dreißig Ausflüglern besetzt, als auf einmal aus dem Motorraum Flammen geschlagen haben. Der Weigel hat noch zu seinen Passagieren gesagt, daß es nicht weiter schlimm ist. Jeder soll an seinem Platz bleiben, er löscht das Feuer und sie fahren in zehn Minuten weiter nach Doos. Die Panik auf der »Hansi« hat sich aber schon nicht mehr vermeiden lassen. Vor lauter Angst und Seenot sind die meisten Fahrgäste mit einem letzten Gruß ans Vaterland über die Reling in den kalten Kanal gesprungen.

Ertrunken ist keiner, verletzt hat sich niemand, aber der Weigel hat achtundzwanzig Passagiere auf eigene Rechnung mit dem Taxi in alle möglichen Nürnberger Vororte transportieren lassen müssen. Und Ärger hat es mit einer Hauptmannsgattin auch noch gegeben. Der vornehmen Dame ist beim Sprung ins Wasser ein sehr kostbarer Strohhut abhanden gekommen, und sie ist deswegen beim Hans Weigel in der Woche drauf erschienen und hat einhundertachtzig Mark Schadenersatz abkassieren wollen, die vornehme Frau Hauptmann. Es ist ihr aber dann, wie sich der Weigel erinnert, das Maul ziemlich sauber geblieben mit ihren hundertachtzig Mark. Der Strohhut ist nämlich von zwei Kindern gefunden worden, der Weigel hat ihn von einem Sachverständigen der Versicherung auf den Neuwert schätzen lassen, und so sind von den hundertachtzig Mark nur noch drei Mark fünfzig übriggeblieben.

Und wieder im Spätsommer ist am Landungssteg in Kronach noch einmal die Obrigkeit ins Wasser gefallen. Es hatte sich um einen besonders fröhlichen Sonntag im September gehandelt, wo außer dem Schlagrahm im Kaffee auch viel Schlagseite kredenzt worden war, und zur letzten Fahrt in Richtung Nürnberg sind auf einmal zweitausend Menschen am Ufer gestanden, und jeder hat als erster daheim sein wollen. Im Nebenzimmer vom gläsernen Kaffeehaus ist ein Polizeiwachtmeister gesessen und hat gerade sein kostenloses Freßpaket gebündelt. Angesichts der drohenden Panik draußen ist es ihm dann eingefallen, einzuschreiten. Er hat die Pickelhaube übers Hirn geschoben, sein Dienstgesicht zurechtgerückt und den Menschen mit fuchtelnden

Armen und wilden Drohungen sofortige Ruhe und Ordnung befohlen. Wie durch ein Wunder ist der Herr Gendarm aber mitten in seinem Einschreiten plötzlich und unter Umgehung des Dienstweges im Kanal gelegen. Die Pickelhaube haben sie mit der Stange rausgezogen, und der Gendarm ist danach in der Unterhose zum Trocknen in der Backstube gesessen. Wer den Widerstand gegen die Staatsgewalt geleistet hat, ist natürlich nie rausgekommen. Nur der Hans Weigel weiß es: »Des war'n die Nürnberger, weil der Polizist is ja aus Fürth g'wesn.«

Traurige Geschichten haben die Schlagrahmdampfer und ihre Kapitäne, solange sie unterwegs waren zwischen Doos und Kronach und zurück, nicht erlebt oder vergessen. Die wirklich traurigen Geschichten hat ein ganz anderer Wind über den Kanal geweht. Im Kriegsjahr 1939 haben die Nationalsozialisten die Kaffee-Ausflüge, zwanzig Pfennig für Erwachsene, Kinder die Hälfte, als Luxus erklärt und verboten. Am 1. September 1939 ist die Weigel-Flotte zum letzten Mal die Strecke von Kronach nach Doos und wieder zurück gefahren. Vorbei an Kindern, die bis zum Bauch im Wasser gestanden sind, vorbei an den Apfelbäumen und den Schrebergärten und unterm dunkelblauen Herbsthimmel zwischen Fürth und Nürnberg. Auf dem Oberdeck sind aber schon keine Kinderwagen mehr gestanden, und der Hans Weigel hat auch nicht mit seiner Trompete das Lied gespielt »Frühmorgens, wenn die Hähne krähen«.

Der »Hansi« ist im letzten Kriegsjahr 1944 verschrottet worden, sie haben sein Eisen beim Krupp und in Rußland notwendiger gebraucht als auf dem Kanal.

Der »Karl« und die »Antonia« haben den Krieg überlebt, schadlos ist auch der Gasthof Weigel über die Jahre gekommen. Doch die Bomben, die noch vier Monate vor dem Kriegsende in Nürnberg gründlich kollektive Schulden abkassierten, sind auch auf den Ludwig-Donau-Main-Kanal gefallen. Zwischen dem Kanalhafen in Schweinau und Kronach ist das Wasser ausgelaufen, und es stand nur noch ein schmutziges, stinkendes Rinnsal im zerbombten Kanalbett. Die zwei Schlagrahmdampfer sollten endgültig ihren Dienst quittieren und nach Bremerhaven an ein Taucherunternehmen verkauft werden. Auf dem intakt gebliebenen Kanal in Richtung Bamberg gingen die zwei stählernen Erinnerungsstücke der Weigels an die gute alte Zeit auf die große Fahrt in Richtung Norden. Die »Antonia« wollte nicht: Unweit von Kronach bei Eltersdorf schlug der Schlagrahmdampfer leck und ging unter. Krieg und Bomben und auch die Ratten hatten ihre zerstörerischen Spuren am Kanal hinterlassen, Schutt und Asche taten ein übriges. Aber die Zerstörung der Wasserstraße wurde noch weiter vorangetrieben. Man kam auf die Rentabilität zu sprechen und da hatte dem alten König Ludwig sein Kanal kein Wörtchen mehr mitzureden. Der Gasthof Weigel in Kronach stand noch an Ort und Stelle, ohne Granateinschüsse, ebenso der gläserne Pavillon und die Linden im Garten. Die Anlegestelle am Kanal, wo die Nürnberger den Fürther Polizisten ins Wasser geschmissen hatten, wo der Hans Weigel sein Schiff beleuchtet hatte, wenn es im Herbst am Wasser schon dunkel war, und wo er gegebenenfalls das Lied »Frühmorgens, wenn die Hähne krähn« durch den Abend trompetete, war unverändert. Auch der Kanal mit seinen Bombenlöchern war reparabel. Aber es wollte ihn keiner reparieren. Es krähte weder frühmorgens noch zu sonst einem Zeitpunkt ein Hahn nach dem Kanal und den Schlagrahmdampfern. Im schönen Monat Mai des Jahres 1969 machten Schaufelbagger und Bulldozer, Rammböcke und Preßlufthammer, Betonierer, Asphaltierer, staatliche und städtische Wegelagerer den Kanal zu. In Nürnberg war alles vorbei und vergessen, in Fürth haben sie wenigstens den Hans Weigel und seinen »Hansi« noch in Erinnerung behalten: Er fuhr mit einer Pappdeckel-Attrappe seines stolzen Kanalkreuzers, mit Uniform und Fernblick, im Fürther Kirchweihzug unter Erntedankwägen und Trachtenkapellen mit. Es hat dem Hans Weigel sehr gut gefallen: »Ich bin fotografiert word'n, und viel Applaus hab' ich kriegt. Die Leut wiss'n noch, wie es früher war. Aber irgendwie vergess'n ham s' es doch.«

Von Kanaläpfeln, Nachtgiekern und anderen verlorenen Dingen

Von der Oberölsbacher Höhe schaut man halb nach Franken, halb in die Oberpfalz. Über dem Kanal ziehen die Schafe durch die schrägen Wiesen, das Wasser hat eine Gänsehaut, und der Wind kommt von Osten. Die Oktobersonne wärmt nicht mehr. Aus dem Schilf steigt der Zigarettenrauch von einem Angler auf. Drei Ruten hat er ausgelegt, aber nicht einmal Köderfische beißen, so durchsichtig ist das Wasser, so schlecht sind die Ratschläge der frierenden Radler, und so schlau sind die herbstfetten Karpfen. Das Wirtshaus *Zum Ludwigskanal* hat Ruhetag. Im Sommer haben sie dort ein Bierzelt gehabt, direkt am Kanal. Die Feuerwehrleute aus Schwarzenbach haben mit ihren dicken Schläuchen in den erstaunten Himmel gespritzt, und als ihnen das Kanalwasser ausgegangen ist, haben sie ihre Löschversuche im Bierzelt fortgesetzt. Die Äpfel haben Runzeln, in die Äste fährt der frühe Abendnebel, und in den Stamm haben hundert Jahre ihre Furchen gegraben. Dem Bauern sein Gesicht schaut so aus wie die Äpfel. Der Ostwind pflückt die Äpfel vom Baum, und ohne Hast fallen sie gleichmäßig ins Gras. Und einer fällt in den Kanal, daß es Wellen gibt und daß der Kettenraucher im Schilf denkt, die Karpfen beißen. In der Aufregung verheddern sich die Angelschnüre, und die gerade erst angezündete Zigarette fällt ins Wasser.

Der Bauer aber sammelt die Äpfel in den Korb. Rotbackige, wurmige und verfaulte, Vitamin C für den

Schweinestall. Die schönsten Äpfel aus der Krone wirft er aber nicht vor die Säue. Die schwimmen zwischen Seerosen und Autoreifen über den Karpfen auf dem Kanal – in Richtung Burgthann bis zur Schleuse, und nur wenn sich der Wind dreht, kommen sie wieder zurück.

Den Vorteil hat der Ludwig-Donau-Main-Kanal: Wo es ihn noch gibt, liegt er weder im Interessengebiet der Politik noch im Einzugsbereich des Wirtschaftswachstums, sondern in seinem Bett zwischen zwei Treidelwegen. Die Verbotstafeln beschränken sich aufs Schwarzfischen mit Drachenschnur und aufgebogener Sicherheitsnadel, und im Winter fährt kein Eisbrecher von Schleuse zu Schleuse. Oft gibt es Ende Oktober schon Eis, das aber für die Eisstockschützen und Schlittschuhläufer nur dann nützlich ist, wenn beim Gefrieren sich kein Lüftchen regt. Wenn der Frost zwischen Pelzmärtel und Nikolaus schnell kommt und der nördliche Wind über den Glasberg ins Kanaltal fällt, gefrieren die Wellen und die Karpfen gleich dazu. In dem Fall reserviert man sich eine Dezembernacht mit Vollmond. Über den fingerdicken Schnee zieht eine Fuchsspur von einem Ufer zum anderen, die alten Eichen heben die verkrüppelten Arme in den eisigen Himmel, den Pappeln ist das Rauschen vergangen, und gemäß einer alten Überlieferung kommt der Nachtgieker in den Rauhnächten aus der Oberpfalz: auf der spiegelglatten Geisterbahn von weit hinter Neumarkt durch geöffnete Schleusen, mit Kufen an den haarigen Pferdefüßen, einen Besenstiel in der Hand, an dem das Totenhemd als Segel hängt.

Manchmal hört man ihn winternachts noch pfeifen. Aber es gibt ihn nicht mehr. Den Nachtgieker und Kanalschlamper haben sie auf der Autobahn beim Übersetzen überfahren, und sein weißrotes Totenhemd hängt an der Leitplanke. Im Februar bricht das Eis, manchmal erst Mitte März.

Immerhin – vor faden Monumenten haben die Zukunftsplaner, jene akademischen Zubetonierer mit Staatsexamen und einem Reißbrett vorm Kopf, schon Respekt. Am 15. Juli 1846 wurde der Ludwig-Donau-Main-Kanal offiziell eingeweiht und inoffiziell auch gleichzeitig beerdigt. Das schwülstige Denkmal in Erlangen, am Fuß des wichtigsten fränkischen Bierberges, steht immer noch. So weit wenigstens reichte die Pietät. Was den dazugehörigen Kanal angeht, ließen Diplomingenieure, Landvermesser, Architekten und andere Landschaftsuniformierer nur wenig Gnade vor Recht ergehen. Mit dem Kanalbett haben sie gründlich und bis zur Unkenntlichkeit reinen Tisch gemacht. Es fahren keine Schlagrahmdampfer, es baden keine Kinder, kein Schilf rauscht, keine Uferbäume stehen gegen den Wind, kein saurer Wein wächst an sandsteinernen Schleusenwärterhäuschen in die Höhe, niemand wirft Steine über das Wasser. Ein Spazierweg unter Apfelbäumen ist halt keine Kapitalanlage, die Macher vermißten das Zweckdienliche. Da hat die Schnellstraße, die man dem Kanal in den Bauch betoniert hat, schon viel zugkräftigere Feinheiten zu bieten: In zehn Minuten bist du in Forchheim, falls du nach Forchheim willst, alles ist kreuzungsfrei und bleiverseucht, Baiersdorf ist endlich kein Dorf mehr, sondern eine Autobahnausfahrt, o heiliger Veit von

Frankenstein, du und dein Schnellweg haben uns gerade noch gefehlt. Die Schlehen wachsen jetzt woanders, aber der bittere Nachgeschmack bleibt uns ja Gott sei Dank. Und geblieben sind auch die Kanalratzen, die Kanalfranken und das schöne Denkmal am Schweißfuß von der Bergkirchweih. Der Fortschritt reicht bis nach Nürnberg in die Gartenstadt, wo der Kanal auf einmal wieder auftaucht. Noch ein bißchen trüb zwar, geodelt und verdreckt, wo nach dem Krieg die Schiffahrt von Kindern mit Blechbooten aus amerikanischen Flugzeugbenzinkanistern aufrechterhalten worden ist, aber schon schwimmen Enten dort, gehen zwei Rentner am Spazierstock, und angehende Erwachsene liegen paarweise am Ufer unter den Haselnußbüschen. Vergessen sollte man keinesfalls auch die Autobahnausfahrt Rothenburger Straße. Zwischen Schlachthof, Mülloper, Gaswerk und anderen Naturereignissen weist ein Wirtshausschild auf das hin, was einmal war: Zum grünen Tal. »Zum schwarzen Auspuff« müßte es jetzt eigentlich heißen. Durch Fliegerbomben leckgeschlagen, ist der alte Kanalhafen damals ausgelaufen und trockengelegen. Ihn zu erhalten war angeblich zu teuer. Ihn zu zerstören ist dafür recht und billig gewesen. Nach der Gartenstadt kommt dem Kanalbett noch einmal für ein paar hundert Meter der Fortschritt dazwischen, aber danach hat man ihn zügig in Ruhe gelassen. Aber es ist absehbar, daß man dem Altwasser trotz Denkmalschutz und Naturaufpassern demnächst wieder an den Kragen geht. Denn die Natur ist im Begriff, sich den Ludwigskanal wieder einzuverleiben. In den Schleusenkammern wachsen Vergißmeinnicht und wilde Kirschen, Sauerampfer und Spitzwegerich. An den Ufern blühen Lilien und Butterblumen. Denen und den Eichelhähern, den Krähen und Kreuzottern, Karpfen, Schleien, Brombeerhecken, den Schwarzbeerzupfern und Dorfindianern wird das Straßenbauamt bestimmt bald wieder einmal aufweisen, wo der Barthel den Most holt, beziehungsweise den Beton.

Mehr hin als zurück

Wem es vor überhaupt nichts graust und wer endlich einmal wissen möchte, wie viele 136gängige Mountainbike-City-Trekking-Racing-Fahrräder insgesamt in Nürnberg zugelassen sind, der muß unbedingt folgendes machen: Am Sonntag mittag nach dem Schweinebraten in den Sattel hupfen und von Gibitzenhof am alten Ludwigskanal entlangbrettern. Nach dem Rolltreppenprinzip befindet er sich bereits ab Königshof in einer etwa fünfzehn Kilometer langen Radfahrerkarawane, die sich erst am Biergarten Brückkanal in verschiedene Vollräusche auflöst. Durch die dort kredenzten Biere fahren auf dem Heimweg die einen in den Kanal hinein, die anderen in den Wald oder über die Böschung zwanzig Meter hinunter in die wildromantische Schlucht der Staatsstraße 375 nach Allersberg, und es wird wieder ausreichend Platz auf dem schönen Kanalweg.

Radwanderern mit einer Fahrradglocken-Allergie ist der Sonntagsausflug ebenfalls sehr zu empfehlen, denn hinter einem klingelt es ungefähr alle fünf Sekunden, so daß man das anheimelnde Läuten noch zwei Wochen später dröhnend im Schlaf hört. Den letzten noch verbliebenen Einsamkeitsdeppen möchte man aber raten, daß sie sich am Samstag früh, wenn die Morgennebel schon den Gipfel vom Glasersberg freigeben, auf ihre alte Hercules hinaufwälzen und in der Gartenstadt gemächlich starten. Dort bestaunen wir das technische Wunderwerk des einzigen Trockenkanals der Welt.

Diese wasserfreie Mulde gemahnt uns an jene Zeiten, wo es fast einen noch besseren Fortschritt als heutzutage gegeben und der Wunsch nach Zuschüttung, Betonierung, Asphaltierung und Gewinnmaximierung wunderbare Ergebnisse zustande gebracht hat: wie zum Beispiel einen vollkommen eingestampften Ludwig-Donau-Kanal.

In Gedanken versunken an frühwinterliche Eishockeyspiele mit einem Spazierstock als Schläger und einer sandgefüllten Dosenmilchbüchse als Puck, oder an jene eisernen Paddelboote, die man aus amerikanischen Treibstofftanks schweißen hat können, erreichen wir über das Gasthaus erst die Schleuse Worzeldorf, dann die Schwabacher Autobahn und Wendelstein. Dort erinnert uns der Blick auf den Kanal unweigerlich an die italienische Adriaküste, denn hier züchtet das Wasserwirtschaftsamt auf einer Strecke von zwei Kilometern mit großem Erfolg riesige Algenteppiche. Leichtere Naturfreunde können an dieser Stelle den Kanal ohne weiteres trockenen Fußes überqueren.

Am Kiosk *Zum Treidelsweg* essen wir vielleicht ein Sardinenweckla und trinken ein Glossner-Bier, das uns jetzt bereits auf die zuverlässig näherrückende Oberpfalz hinweist. Auch an dieser Stelle ist der Wandersmann angehalten, darüber nachzudenken, was schöner ist: eine wunderbare, schnurgerade, pflegeleichte Schnellstraße oder ein alter, runzliger Krauterer von einem Ludwigskanal. Wir entscheiden uns für die Runzeln und freuen uns noch zwanzig Jahre danach, daß aus dem dringenden Wunsch der Wendelsteiner Landgewinnler nach einer Umgehungsstraße im Kanalbett fast überhaupt nichts geworden ist. Wie ist es oft segensreich, daß jemandem das Geld ausgeht.

Über Röthenbach bei Sankt Wolfgang, Schloß Gugelhammer und die Gauchsbachschlucht sind wir schon am Brückkanal. Hier haben Landschaftsarchitekten von hohem Rang und mit einem feinen Gespür für Lautuntermalung eine ansehnliche Schneise in den Wald geschlagen, so daß an unser Ohr das Summen, Brummen, Quietschen und Notbremsen, manchmal sogar das herrliche Detonationsgeräusch eines kleinen Auffahrunfalls dringt. Fluchtartig setzen wir unseren Weg fort.

Viele Schilder am Kanal künden uns, daß es mit dem Beruf der Verkündungstextschreiber anscheinend aufwärtsgeht. Mit einem Schauer den ganzen Rücken hinunter lesen wir mitten im Mai zum Beispiel den lehrreichen Hinweis: »Fischzucht – Eislauffläche nicht betreten!« Wer schon einmal im Mai am alten Kanal zwischen der Schleuse 58 und 57 Schlittschuh fahren hat wollen, weiß, wie wertvoll solche Schilder sein können. Ohne diese Warnung würde da einer jämmerlich versumpfen.

Wer bei der Überquerung der Bundesstraße 8 bei Pfeifferhütte zufällig nicht überfahren wird, befindet sich schon bald an der legendären Schleuse 36 in Burgthann: wo seinerzeit einige Dreikäsehoch mit umgearbeiteten Sicherheitsnadeln und einer Drachenschnur fette Karpfen ans Ufer gezogen haben und als die berüchtigten Raubfischer von Oberferrieden in die Polizeigeschichte eingegangen sind.

Was dann kommt, davor muß dringend gewarnt werden: die schlimme Schwarzenbacher Einöde –

keine Autobahn, keine Bundesstraßen, keine Staatsstraßen, kein Lärm, kein Dreck, keine Coladosen im Wasser. Höchstens rauscht einmal das Schilf, blüht ein Apfelbaum, pfopfert über dir ein Eichelhäher oder lädt dich der Wirt vom Gasthaus *Zum Ludwigskanal* auf eine Maß ein. Soweit die Seele schaut, keine touristischen Sensationen.

Wir verweilen vor der verwitterten Holztafel mit der Aufschrift: »Hier wurde am 12. Oktober 1935 der Versicherungsagent Oswald Forster von Neumarkt ermordet. Requiescat in pace.« Auch wir ruhen in Frieden und im Gras, trinken einen Schluck darauf, daß der Forster Oswald hoffentlich im Paradies gelandet ist, und denken uns, daß Schwarzenbach am Ludwigskanal mit alten Apfelbäumen, Schilf, Eichelhähern, Krähen, Karpfen und Sterbetafeln wohl nie einen Ehrenplatz im Hochglanz-Reisekatalog kriegen wird. Und zweitens denken wir uns, daß das viel wert ist und hoffentlich so bleibt.

Nach dem Dörlbacher Einschnitt sind wir schon in der Oberpfalz. Und am berühmten Zentralbahnhof von Neumarkt bespricht man mit einem Bahnbeamten die Problematik eines Fahrradtransportes zurück nach Nürnberg. Diese Besprechung dauert ungefähr zwei bis drei Stunden, so daß man statt der Unterhaltung mit einem Bahnbeamten auch die Heimfahrt mit dem Rad wählen kann.

Der Kanalmeister

Man könnte den Josef Menrath daheim in seinem Häuschen in Wintersdorf aus dem tiefsten Schlaf wecken, ihn nach der Schleusennumerierung zwischen der Gartenstadt und Dörlbach fragen, und er würde ohne zu zögern das kleine Einmaleins des Kanalschlurchers aufsagen: »Schleuse 68 vor Worzeldorf, Schleuse 67 bis 65 hinter Worzeldorf, Schleuse 64 Wendelstein, Schleuse 63 Röthenbach St. Wolfgang, Schleuse 62 Gugelhammer«. Im Kopf des Josef Menrath haben sich nicht nur die Numerierungen der Schleusen für ein Leben lang eingegraben, als wären sie für die Ewigkeit in Granit gemeißelt. Er kennt zwischen der Nürnberger Südstadt und dem Dörlbacher Einschnitt jeden windschiefen Apfelbaum, jeden zerzausten Hollerbusch, jede Kuhblume. Er weiß, wo Habichte ihre Kreise ziehen über dem schwarzen Wasserband. Er versteht das Schilf, wenn es im letzten sanften Abendwind mit dem Wasser spricht. Er schiebt seinen grauen Filzhut einen Fingerbreit tiefer ins Gesicht, wenn in der Oberpfalz die Sonne aufgeht und es im ersten roten Licht des Tages auf dem Kanal so ausschaut, als würden die Enten brennen, als wären die dicken Ufereichen rosa tapeziert.

Daheim in Wintersdorf ist der pensionierte Fluß- und Kanalmeister, seit er in den Ruhestand verabschiedet worden ist, jetzt schon öfter. Aber immer noch sagt seine Frau, daß sie manchmal nicht genau weiß, mit wem er jetzt eigentlich verheiratet ist: mit ihr oder mit dem Ludwigskanal. »Der Kanal«, sagt der Josef Menrath, »der wird mer wahrscheinlich bleim, so lang ich leb.«

Nach dem Krieg hat er als Zimmerer gelernt, sein bißchen Geld mit dem Holzschalen beim Beton- und Monierbau verdient, ist Polier geworden und hat an der Pegnitz die zerstörten Wehre wieder aufgebaut. Das Nägeleinswehr, das Katharinenwehr, das Weidenmühlwehr. Jetzt sitzt er an einem Frühherbsttag beim Gambel in Worzeldorf im Gastgarten. Aus dem Kaffee steigt Rauch auf. Der vermischt sich mit den kleinen Nebelwolken vom Kanal und fliegt am Glaserberg vorbei nach Wendelstein. »Ner ja«, sagt der Josef Menrath und rührt mit dem Löffel noch ein paar kleine Rauchwolken in der Tasse auf, »es Redn is nedd meins. Was wolln'Sn edz wissn?« Da schaut man dem Kanalmeister unter seinem Filzhut dann schon lieber beim Nachdenken zu. Unter der Woche ist es am alten Kanal sowieso besser, man hält den Mund. Da hört man die Karpfen beim Luftholen, man hört den Wind, man hört einen Apfel ins Gras fallen. Und wenn es ganz ruhig ist, hört man die Stille. Der Kanal – das, was das Asphalt- und Beton-Jahrhundert und seine Wirtschaftswachstums-Philosophen von ihm noch übriggelassen haben – war dem Josef Menrath eine Lebensaufgabe.

Am 2. Februar 1959 – »an Lichtmeß wie früher die Knecht« – hat er beim Wasserwirtschaftsamt in Nürnberg als Aufpasser für die Pegnitz und den Kanal angefangen. Wie er nach fast 40 Jahren in den Ruhestand gegangen ist, war der Staatsbeamte für das allgemeine mittelfränkische Wasserwesen ein Hauptflußmeister. Beim Rühren im Kaffee redet er fast so leise wie eine Herbstnacht am Kanal: »An der Pegnitz war ich schon auch gern. Ich bin zuständich gwesn bis nauf zur Hirschbacheinmündung. Uferböschungen nachbessern, Bäume rausziehen, Unterspülungen ausbessern. Lauter solche Sachen halt. Aber am schönsten war es am Kanal.«

Im Herbst 1955 hat er von seinen dreißig Kilometern Ludwigskanal Bestandsaufnahme gemacht. Jedes Schleusentor, jedes Sicherheitswehr, Schieber, Geländer, Ufersteine, Bachunterführungen stehen seitdem in einem dicken Ordner für seinen Nachfolger. Ein paar Anmerkungen gibt es in den Ordnern des Wasserwirtschaftsamtes auch zu seinem Lieblingsprojekt, das ihm schlaflose Nächte und Alpträume bereitet hat: die Kanalheimholung der »Elfriede«. Die bauchige alte Dame ist ein eisernes Schiff, das bei Neustadt in der Donau seinen Lebensabend auf Grund verbracht hat. »Ich hab bei einer Flußmeister-Versammlung«, erinnert er sich, »zufällich von der ›Elfriede‹ erfahren. Und da war's für mich klar – die muß zum Jubiläum im Kanal fahrn.« Überredungskunst kann es nicht gewesen sein, aber ganz bestimmt die Beharrlichkeit des Josef Menrath: Die zahlreichen Genehmigungsämter zwischen München und Nürnberg waren einverstanden, die »Elfriede« ist in der Donau gehoben und mit einem Tieflader in die Kanalscheitelhaltung zwischen Burgthann und Rasch transportiert worden. Tausende von begeisterten Kanalspaziergängern sind im Sommer 1995 auf der »Elfriede« von einem Pferdegespann wie in den ganz alten Zeiten getreidelt worden. »Ja«, sagt der Retter der »Elfriede«, »a bissla Kanalschiffahrt so wie früher wär schon schön. Aber es geht halt leider nimmer.«

Eine einzige Schleuse, die in Worzeldorf, ist von Josef Menrath in seiner Dienstzeit wieder auf volle Funktionstüchtigkeit gebracht worden. Von den Hindernissen viel zu niedriger Betonstege, Autobahnverrohrungen und Staatsstraßenunterquerungen ganz zu schweigen. Sowieso wollten die Höchstgeschwindigkeitstrassen-Planer der sechziger Jahre nichts mehr von einem alten Kanal wissen, und schon gleich gar nichts von einer zweckfreien Personenspazierschiffahrt mit zwei bis drei Stundenkilometern. Dort, wo der Josef Menrath 1959 als Fluß- und Kanalkümmerer angefangen hat, am alten Nürnberger Kanalhafen, ist ein paar Jahre später die Schnellstraße über die Vergangenheit ausgebreitet worden. In Wendelstein wollte man sich auch nicht den Zeichen der Zeit verschließen und hat auf dem Kanal eine Umgehungsstraße geplant. »Gott sei Dank«, sagt der Josef Menrath, der sich an das Projekt noch genau erinnern kann, »is denen dann das Geld ausganger. Sonst wär's vielleicht ganz aus gwesn middn Kanal«. Ungefähr eine halbe Million Mark hat der Kanalmeister am Ende seines Berufslebens jedes Jahr zur Verfügung gehabt: Undichte Uferstellen mühselig mit Lehm ausbessern, mit der Mähkuh Algen rausfischen, die Abschnitte zwischen zwei Wehren trockenlegen und entschlammen, Schleusentore restaurieren. »Des Geld für unser Arbeit«, sagt er »des war bestimmt ka nausgschmissns Geld.«

Es ist an diesem Tag schon fast Winter. Man kann den winzigen Wellen beim Gefrieren zuschauen, man muß im Gasthaus *Ludwigskanal* schon nah beim Ofen sitzen. Zwei andere Frühgäste sagen freundlich Gumorng. »Die meistn kennen mich«, sagt der Kanalerer und Hauptflußmeister im Ruhestand, »also die, die halt auch dauernd am Kanal sin. Wenn's den grauer Filzhut seeng, dann wissns scho, wers is.«

Dann kommt Josef Menrath wieder auf die Kosten zurück, die kein rausgeschmissenes Geld sind. Und da wird er zum ersten Mal in diesen vielen Tagen zwischen Herbst und Winter, zwischen Gartenstadt und Dörlbach redselig. Weil es um seinen Kanal geht. »Erschdns«, sagt er, »is der Kanal ein Baudenkmal, wie es kein zweites mehr gibt. Und zweitens is er in die hundertfuchzich Jahr fast scho wieder Natur worn. Und drum hat er auch den höchstn Erholungswert für die Menschn im ganzn Großraum. Da geht nix drüber. Was wolln'Sn mitn Wöhrder See? Da gehn'S einmal rum, und des war's dann. Aber halt der Kanal ...« Die Angler, die Kinder, die Radfahrer, die Wanderer, die Biertrinker, die Kanalgärtlasinhaber, die Schlittschuhfahrer, die Bankbrotzeitmacher, die Nachtgieker. Oder die, die schon sehr zufrieden sind, wenn der Vollmond von Pfeifferhütte im Kanalhafen liegt und mit den Wellen wackelt. »Wo sollerdn die alle hin«, fragt der Josef Menrath, »wenns kan Kanal gebn däd? Gott sei Dank steht er unter Denkmalschutz. Dem kann so schnell nix bassiern«. Davon ist der Josef Menrath zutiefst überzeugt. Er trinkt seinen Kaffee aus und geht am Kanal entlang. Zählt die Ufersteine, flüstert mit dem Schilf, redet stumm mit den Karpfen, begrüßt freundlich einen uralten Apfelbaum, der seine kahlen Äste in den tiefen Winterhimmel streckt. Über dem grauen Filzhut von Josef Menrath steigt ein Atemwölkchen auf. Wahrscheinlich hat er sich jetzt doch mit jemand unterhalten. Im Zweifelsfall mit dem alten Ludwigskanal.

Der alte Bahnhof

Der Schnee liegt so dick auf den Hollerzweigen, daß die Astgabeln reißen möchten. Den Kanal raufwärts von Westen, von der Stadt her, beutelt es die Wolken schubweise. Da ist dann auch Regen dabei, und die Hollerzweige atmen wieder auf. Auch die Menschen dort oben in dem Zweieck über dem Dorf zwischen dem alten Kanal und dem sogenannten Wald atmen im Frühling wieder auf. Im alten Bahnhof die alte Frau, im alten Lokomotivschuppen der alte Schrotthändler, hinter den alten Bohnenstangen der ewige Spinaterer, auf dem Brett zwischen zwei Kiefern die drei Witwen, jede mit einem grauen Spitz zwischen den Beinen. Morsche Bretter gibt es dort überhaupt sehr viele, verfaulte Schwellen und verschimmelte Bohlen. Die leuchten in der Nacht, die Käuze schreien, im Kanonenofen vom Spinaterer seinem Kummerkasten brennen Briketts, und es fliegen die Funken. Da fährt um Mitternacht der Geisterzug die fünf Kilometer hin und die fünf Kilometer wieder zurück, als würde es keine Sachzwänge geben, keine Landvermesser und keinen Flächennutzungsplan, geschweige denn einen satten Quadratmeterpreis von vierhundertfünfzig Mark. Da fährt also der Zug, leuchtet in der Nacht, die Eisenräder kreischen auf den Eisenschienen, der Koks brennt, die Funken fliegen. Tagsüber herrscht am alten Bahnhof eine Ruhe, wie man sie sich vorstellt. Hundsveilchen wachsen aus dem Holz. Da ist der letzte nasse Schnee noch nicht lang fort, da sitzt der Spinaterer bereits in seinem abmontierten Bremserhäuschen zweieinhalb

Meter über der Heimaterde und hält Ausschau, wo er eventuell einem Maulwurf einen Spaten aufs Maul werfen kann, da späht die alte Frau aus dem obersten runden Fenster vom alten Bahnhof über das Zweieck, über die schmale Insel, die Rentnerrennbahn und singt aus voller Brust die »Waldeslust«. »Edzer schbinnds widder«, sagt eine von den drei Witwen. Der Spinaterer trinkt eine Flasche Verwaltungsbier in einem Zug aus. Später im Frühling kommt dann noch der pensionierte Polizist hinter den alten Bahnhof, schaut, ob auf seinen zehn Quadratmetern jetzt endlich befehlsgemäß die Krokusse kommen, und füllt seine Badewanne im Garten bis zum Rand mit Wasser, weil er in ihr das erste Freibier der Saison kühlt. Die alte Frau im alten Bahnhof singt Sonntag früh: »O du wunderschöne Welt«. Man erreicht ihr Wohnzimmer durch die Sperre am Fahrkartenschalter entlang. Sie wohnt im Wartezimmer. Der Schrotthändler mit der Brille handelt auch mit alten Autos, deren Motoren er aufdreht und heulen läßt, so daß die alte Frau kein Wort mehr versteht, wenn sie sich mit sich selbst unterhält. Wenn sie sagt, daß blühende Hundsveilchen, der Efeu an den hundert Jahre alten Eichen, der gelbe Ginster, die schneeweißen Weichselblüten und der schwere Hollerduft sich nicht mit dem Aufheulen von alten Automotoren vertragen, dann grinst der Schrotthändler und erwidert: »Däi schbinnd scho widder ganz schäi arch.« Im Hochsommer trinkt der Spinaterer oft zwei Flaschen Verwaltungsbier hintereinander in einem Zug aus. Danach trampelt er mit seinen flächendeckenden Schuhen, mit denen man auch einen Waldbrand austreten könnte, auf den Zwiebelschoten herum, damit der Saft, die Kraft und die Herrlichkeit in die Knolle einziehen, sagt er. Nach des Fußwerks Müh und Plag schweben hundertzwanzig Glühwürmchen über der Heimaterde, faules Holz leuchtet fleißig durch die Sommernacht, ein Uhu sitzt starr wie hingeklebt in der Kiefer, und die Jüngste der drei schwarzen Witwen, die mit dem rotgefärbten Haar, bringt zwei Flaschen Bier mit ins Bremserhäuschen und macht was mit dem Spinaterer. Der Vollmond und ihr Spitz dürfen von außen durch das kleine Fenster zuschauen, weil sie nichts weitersagen können. In die helle Mondnacht hinaus singt die alte Frau lauter als der Gesang der Autobahn »Kann denn Liebe Sünde sein?« »Däi schbinnd, daß alles zschbeed is«, schnauft die Rothaarige und läßt dabei ihren Rock runter. Manchmal erscheint in solchen Nächten der alte Lokomotivführer. Der schwarze Mantel reicht ihm von den Knöcheln bis hoch über den dünnen Hals. Er schlägt mit den weiten Ärmeln, bleibt über dem Boden, umkreist seinen Eisenbahnergarten, in dem Vergißmeinnicht und Dahlien, Astern und Königskronen, Buschwindröschen und Kohlrabi wachsen. Er fliegt um die hohe hundertjährige Eiche, und im Mondlicht schneidet er mit seinem silbernen Taschenmesser neben seinem fast schon zugewachsenen Geburtstag den Todestag in die Rinde. In so einer Nacht, da stehen auch Schulkinder am Bahnhof, da steigen wieder die Funken höher als die Telegrafenmasten, da zwickt der Kondukteur die steifen Pappdeckelfahrkarten, da wird Wasser nachgefüllt und Koks, da lädt einer von seinem Pferdefuhrwerk fünfzig Sack Kartoffeln in den Güterwaggon um, da weiß man, daß der Herbst ins Land gezogen kommt. Die Weichseln auf dem schiefen, schwarzen Baum waren erst weiß, dann grün, dann dunkelrot wie die Rose »Mon amour«, dann sind sie von den Amseln gefressen worden, und an einem wattierten Morgen nach dem Martinstag ist alles wieder weiß. Der Polizist sagt, es ist der erste Schnee, der Spinaterer sagt, es ist Rauhreif, und die alte Frau sagt laut und vernehmlich ein Gedicht auf: »Aber hinter allen Bäumen glänzt das Land schon tiefverschneit, und es schimmert von den Träumen einer trostvoll weißen Zeit.«

«Däi hodd an Schlooch«, sagt der Polizist, und dabei kommen stoßweise Wolken aus seinem Mund. In der nächsten Nacht schneit es, am anderen Morgen sieht man eine Autospur im Schnee, von der Straße abgezweigt, zum Bahnhof verlaufen. Vor dem Fahrkartenschalter hält das Sanitätsauto, zwei Männer tragen die alte Frau mit festem Griff aus dem Bahnhof ins Auto. Sie warten nicht einmal, bis sie fertig gesungen hat »Horch, was kommt von draußen rein«. Noch vor Weihnachten tauchen die Herrschaften mit den hohen Gummistiefeln und den internationalen gelben Gummimänteln auf. Das letzte Verwaltungsbier hat im Frost die Flaschen gesprengt. Die Männer haben Thermosflaschen dabei, Tee mit Rum, außerdem Meßlatten, Schreibblöcke und Befehle für das Land. Sie errechnen mit Hilfe von trigonometrischen Dreiecken, daß der Spinaterer, der Polizist, die zwei grauhaarigen Witwen und die rothaarige, die drei Spitzhunde und der Schrotthändler jetzt die Kurve kratzen können, daß ihr Brot gebacken ist und daß jetzt ein anderer Wind weht, nämlich einer, der nicht mehr von Westen kommt wie im Frühjahr, vom Süden wie im Sommer, vom Osten wie im späten Herbst oder vom Norden wie im Winter, sondern einer, der von Amts wegen kommt. Das ist der unangenehmste. Was sich wie eine große Krähe vom Himmel abhebt und in kurzer Zeit ein kleiner schwarzer Punkt am Horizont sein wird, das ist der längst gestorbene Lokomotivführer. Keiner singt mehr aus dem obersten, runden Fenster des Bahnhofs hinaus über das Zweieck aus voller Brust die »Waldeslust«.

Wieder eine Zeit später ist die geometrisch schwierige Verwandlung eines Zweiecks in ein Planquadrat zur vollsten Zufriedenheit gelungen. Die Männer mit den Landschaftsstiefeln haben ganze Arbeit geleistet, genauso wie früher die, die aus einem Sandwald mit Eichelhähern und Habichten und dem Himmel drüber eine wirtschaftliche Nutzung und einen Bahnhof mit fünf Kilometer Gleiskörper gemacht haben. In der dritten Generation ist es jetzt ein achtstöckiger Wohnquader, ein Supermarkt, eine Tiefgarage, eine geschwungene Stichstraße, ein Lärmschutzwall und drüber Hubschrauberlandeanflüge. Wie der Spinaterer die alte Frau in der Anstalt besucht hat, ist unter anderem auch besprochen worden, wer mehr spinnt, alte Frauen oder neue Planer. Während sie diese Frage erörterten, die sich um den eingeebneten Bahnhof wie Efeu rankt, haben sie je ein Verwaltungsbier getrunken und waren dabei einigermaßen zufrieden.

Habe die Ehre, Altmühltal

Die Aldmühl is in Rendn ganger. Iich wass nedd, ob Sie's aa kennd hom, des Dreegbächla, wou vo Herriedn hinder Ansbach rookummer is und iiber Gunznhausn, Dreuchdlinger, Eichschdädd, Babbnheim, Solnhofn, Kinding, Beilngries, Riednburch nei in die Donau. Soong mer amol suu: An grousn Sinn hodd des Freggerla vonnern Fluß nedd g'habd. Im Frühjahr is in die Keller vo die Laid ummernandergflossn, daß die Eimachgläser gnabb under der Deggn rumgschwummer sin und die Waschmaschiner hii worn. Im Summer woor es Boodn verbuudn und im Winder is zougfruurn, und mer is ins Eis eigrachd. A boor Millioner Joohr hodd des Bächla brauchd, bis suu weid woor – und asuu a Grambf is derbei rauskummer. Widder a Beischbill, wou mer sichd, wäi bläid ofd die Nadur is. Und dann däi Ärwerd, wou si däi Aldmühl gmachd hodd: Endschbringer, 120 Kilomeder in die Donau laafn, vo dorddn weider zu Fouß ins Schwarze Meer, als Wolgn in Himmel naaf, in Herriedn als Reeng widder roobladschd, widder endschbrunger. Dooch und Nachd, Joohr fiir Joohr, fiir nix und widder nix. Also iich glaab, daß däi Aldmühl selber frouh is, daß sis edzer mid Beddong schäi eibalsamierd hom und daß ihrn Rouh hodd. Main-Donau-Kanal hassd des Aldersheim vo der Aldmühl. Und es is, hodd der Minisderbressidend bersönlich ba der Zwangseinweisung gsachd, es is erschdns ein Jahrtausendwerg und zweidens ein Segen fiir die Menschheid. Dou hodder widder amol reechd g'habd, der Minisderbressidend. Fiier nerblous sechs odder siem Milliardn Märgla, so gwieß wass die Rhein-Main-Donau AG aa nedd, hodd edzer däi Aldmühl a.D. endli an Sinn fiir die Menschn. Iiberschwemmer konn der neie Kanal nix mehr, hexdns aweng auslaafn, wäi seinerzeid in Kadzwang. Obber des is weider nedd suu schlimm. Und im Winder, wenner zougfrierd, dou häld is Eis besser wäi im Linde-Schdadion. An die Böschunger kommer Schliidn foohrn, aff die Weechla links und rechds bis nach Kelheim roodfoohrn. Und wenn die Donau edzer nou aa nu schdillgleechd werd, nou konnsd im Urlaub fei ganz gemüdlich bis ins Schwarze Meer nooschwimmer. Mid Schwimmfliicherla an die Arm, in Reisebaß in der Goschn und an Sechs-PS-Außenbordmodor im Hindern. Obber es Besde kummd ja nu mid unsern neier Kanal. Mäimer bluß nu aweng warddn. Nerdirli nedd a boor Millioner Joohr, wäi die Nadur mid ihrn Debberkubf. Suu draamhabberd sin unsere Diblom-Indschinöre nedd. Bam aldn Ludwigskanal hodds sage und schreibe nerblouß hunderdfuchzg Jäährla dauerd, bis gmergd hom, daß des mid dera Aafgroberei vo Bamberch nach Kelheim a Gschmarri woor. Und nocherdla homs nern widder zougschidd, schäi gleichmäßich asphaldierd und eine wunderboore Schnellschdraß draffbaud.

Also edzer hommer 1993, hunderdfuchzg Joohr derzou – nou kenner mer im Joohr 2143 bereiz middn Audo affn Main-Donau-Kanal nach Kelheim breddern. Und die Aldmühl konnsder nou an der Audobahn-Rasdschdädde Beilngries im Reagenzglääsla als Souvenir kaafn.

Das Flußbad in Mögeldorf

Man muß, um Spuren zu finden, an einem heißen Augusttag die Augen schließen, denn die Schaufelbagger haben gründliche Arbeit geleistet, die Architekten haben mit der Vorstadt im Osten ihr Schindluder getrieben. Der Pegelstand der Pegnitz ist auch gleichzeitig der Kontostand auf der Bank. Zwischen der Satzinger Mühle und der Wöhrder Wiese ruht der künstliche Stausee, links und rechts, häßlich genug, die metallgefaßten Höhenzüge der neuen Schlösser und Burgen, vierspurige Ringstraßen, funktionierende Ampelanlagen, Parkbuchten und der Luxus eines städtischen Naturschutzgebietes gleich unterhalb der Fabrik. Nachts kühlen Neonleuchten die Szenerie. Man muß, um Spuren zu finden, an einem heißen Augusttag also die Augen schließen, die Ohren zuhalten und die Angst im Herzen für eine Sekunde anhalten.

Kinder laufen barfuß mit schlotternden schwarzen Turnhosen, einem schwarzen aufgeblasenen Autoreifenschlauch auf dem Kopf und einem Stück Brot in der Hand, auf der Straße zum Fluß. Der Weg geht zwischen dem Doktorshof und dem Frisör den Hollerberg hinunter. Weiter oben die Friedenslinde steht noch. Zehn Pfennige kostet der Eintritt in der städtischen Flußbadeanstalt. Die Holzkabinen sind grün gestrichen, wenn der Wind in die Pappeln fährt, sind die Blätter weiß. Die Akazienblüten schmecken wie Honig, und wer zu lange am Holler riecht, der wird bewußtlos vor Glück. Gurkensalat im Einmachglas, Tiroler Nußöl, zerschlissene Decken im sonnenverbrannten Gras, die Achtkläßler liegen geheimnisvoll hinter den Haselnußbüschen, da dringt kein Blick durch zu den mageren Mädchen mit den wollenen Badeanzügen, schon eher durch die Astlöcher in den grüngestrichenen Kabinen, abgegriffene Spielkarten, es sticht der Ober den Unter. Wenn man sich im Fluß den Fuß an einer zerbrochenen Bierflasche aufschneidet, schießt das Blut wie aus einer Quelle: rot wie Blut, weiß wie die Blätter der Pappeln und kornblumenblau. In der Dämmerung gehen Kinder heim über die zwei Brücken der Pegnitz, die Lippen lila gefroren. Auf den Wiesen blöken die Schafe, und am Fluß entlang geht die Sonne unter, am Schluß verschwindet sie hinter den Schatten der Stadt. Daheim gibt es Magermilch und Ohrfeigen.

Die Pegnitz hat keine zwei Arme mehr, die Satzinger Mühle kein Mühlrad, es laufen keine Kinder mehr in schwarzen Turnhosen den Hollerberg hinunter zur Flußstraße, und es wird von der Stadt her in der Dämmerung nicht finster, denn die Stadt muß beleuchtet sein. Bald werden Grashalme unter Naturschutz gestellt. Im Stausee ist das Baden verboten, die Grundstücke am See sind Planquadrate, die Häuser bestehen aus Höhe mal Länge mal Breite mal Stahlbeton. Verschwunden ist der Johann-Sörgel-Weg, der beim Blumen-Speckhardt ins Tal mündete, den Lauf der Pegnitz nachäffte und entweder beim Altersheim oder an der Wöhrder Wiese wieder verlassen werden konnte. Verschwunden ist der Fußballplatz beim katholischen Kindergarten, verschwunden ist der Pulversee, und es fällt im späten Herbst nicht mehr der Ostwind durchs Tal über das spröd gewordene Schilf her. Früher haben die Herbstzeitlosen geblüht das ganze Tal entlang, zerrissene blaue, rote Drachen haben am Himmel um ihr Leben gezittert, und gegen das Licht sind die weißen Herbstfäden zwischen Jobst und Mögeldorf geschwebt. Der Sieg des Kunstsees ist vorläufig. Er hat saubere Ufer, saubere Verbotstafeln und saubere Asphaltstraßen rund um sich herum. Das ist in Ordnung. Das künstliche Hochwasser schützt die Bevölkerung vor dem Hochwasser. Das ist geregelt. Die Aufgabe, hin und wieder Spuren zu suchen mit geschlossenen Augen an einem heißen Augusttag, an einem milden Herbstnachmittag und im Winter, tut weh.

Paddelbootfahrt von Neuhaus nach Hersbruck

Die Tage im September sind gläsern, der Himmel geht zurück. Die Strömung zieht und schiebt gelbe Weidenbäume vorbei, und in den Bauerngärten am Fluß blühen die Astern. Vor dem Stau im Wehr schwimmen drei schneeweiße Gänse. Nur an der Mühle hört man den Fluß, eine Biegung weiter sind die Wellen wieder lautlos. Der Tag fängt an sich zu erwärmen. Vor dem Kraftwerk wächst dunkelgrünes Kraut aus dem Wasser. Rostbraune Zahnräder stehen gegen den hellblauen Himmel. Die Fensterscheiben sind zerschlagen, Spinnweben wachsen ins Freie, und wieder muß das Boot mit Zelt und Schlafsack, mit zwei Flaschen Bier, mit Gaskocher, Luftmatratzen, Brot und Preßsack um das Wehr getragen werden. Wenn man barfuß das Boot trägt, spürt man die Stoppelfelder doppelt. Man denkt sich allein auf dem Fluß, drüber liegt die Eisenbahnbrücke, daneben die Straße, und so vergeht der Vormittag. Hähne krähen, Hühner scharren, Wasserratten rutschen von den freigeschwemmten Wurzeln. Noch geht der Fluß fast immer geradeaus mit gemächlichen Kurven. Über dem Fabrikschlot steht der weiße Rauch senkrecht vor dem Steinbruch, ein Zug pfeift beim Einfahren in den Bahnhof. Zwei Meter über der Wasserlinie hängen Plastiksäcke, bleiches Treibholz, rotweiße Cola-Büchsen, eine Einkaufstasche und ein Traktorreifen – Reste des letzten Hochwassers. Schon längst liegt die Sonne im Tal, das breiter geworden ist. In der Wand am Rothenfels baumeln zwei Kletterer mit weißen Sturzhelmen wie Mittagsgeister im Wind. Dann nach dem Schwall anlegen gegen die Strömung, die zwei Flaschen Bier und den Preßsack aus dem Stauraum holen, das ist eins. Manchmal steht nicht weit vom Ufer ein Bagger. Es wird begradigt, befestigt und ausgebessert. Die Flußdompteure sind am Werk. So vergeht der Nachmittag. Der Bug steht gegen den Abend, in den Windungen dreht sich das Boot, und das Wasser schlägt über. Die Wiesen werden schon feucht, wenn das runzelige Zelt steht und wenn die Flammen blau, gelb und rot über dem Gaskocher schweben. Man soll im frühen Herbst nicht den Rum im Tee vergessen. Noch lange bleibt die Felsnadel in der Sonne, wenn die Autolichter auf der anderen Seite schon im Dunkeln auf und ab wippen. Fledermäuse fallen vom Kirchturm, das Wasser unterm Wehr schnarcht, und am Acker glimmt das Feuer aus. Dem Gebetläuten antwortet ein Kauz. So vergeht die Nacht. Wenn niemand mehr wach ist und keiner es merkt, kommt der Tau über die Wiesen. Es riecht schon nach Frost vor dem Zelt, nur im Schlafsack hängt noch die warme Nacht. Milchig ist der Fluß früh wie Eiswasser, unter dem Steg steht eine Forelle wie erstarrt von der Morgenkälte.

Zwei Stunden später brechen schon die ersten Sonntagsausflügler in Alfalter, in Hohenstadt, in Vorra, Velden und Düsselbach ein. In Hersbruck ziehen weiße Segelflieger am durchsichtigen Himmel vorbei, über die braunen, roten Hügel. So vergeht der Herbst.

Von Schäumen und Bäumen

Zur Sommerzeit fällt einem städtischen Biergartentester ohne lange zu überlegen ein alteingesessener Kirchweihsonntagnachmittag in der Ostvorstadt ein. Barfuß hupft ein sagen wir fünfjähriger bis eventuell schulpflichtiger Knirps übers heiße Kopfsteinpflaster, in seiner Faust wärmt sich ein vom evangelischen Opferstock abgespartes Zehnpfennigstück. Am Volksgarten, wo an diesem Tag noch keine Chicken-Wings serviert werden, keine Meeresalgen an Weinschäumchen, sondern höchstens ein Maul voll Metzelsuppe oder Trümmer Schelln an Waffel, fährt ein Fuhrwerk mit dem Kirchweihbaum und rund zwanzig hochbetrunkenen Mögeldorfer Würdenträgern drauf vorbei. Ein helles Nasenrot mischt sich mit Himmelblau, das durch die frischen Lindenblätter schimmert. Man trinkt Humbser bis zum Umfallen.

Auf dem Podium hält sich der Trompeter an seiner Trompete fest, der Tuba-Spieler schneuzt seine Tuba, aus ihr tropft schon Zwetschgengeist. Für den Dirigenten, der mit einem gewedelten Magerhering und Träumen von einer besseren Zukunft zugedeckt unterm Podium liegt, ist am hellichten Tag finstere Nacht. Abends wird der Vollmond auf die Lindenblüten gesteckt, ein amerikanischer Kaugummizug fährt in die Nacht von Sulzbach-Rosenberg.

Solche schönen Biergärten wie den Mögeldorfer Nachkriegs-Volksgarten sucht der kulturell viel höher schwebende Mensch von heute meistens vergeblich.

Eine Kommunikation findet mit dem Fax-Gerät statt. Biergärten stehen auf der roten Liste ziemlich weit oben. Ob es mit den staatlichen Führerschein-Einzugsbeamten und ihrem auf jeden Tropfen Rasierwasser reagierenden Alkomaten zusammenhängt oder mit den nach jedem überflüssig wirkenden Quadratmillimeter Grund und Boden hechelnden Immobilienhändlern, ist ungewiß, und auch für das Amt für Halsquerschnittforschung und Gurgelgeografie nur schwer festzustellen. Man trinkt Tablewater, und dazu braucht man eigentlich keinen fußballplatzartigen Groß-Biergarten am Maxfeld. Auch nach dem Kalbsgarten fahndet der durstige Mensch vergebens.

In Wöhrd in einem Hinterhof gibt es einen Biergarten, da entnimmt dir der Wirt vor dem Eintritt in das 0,2-Liter-Pilsparadies erst eine Dezibelprobe im Gaumen. Wer beim Trinken zu laut schmatzt oder gar detonationsartig zu rülpsen pflegt, kann leider kein Schlürfrecht erhalten. Bei Überschreiten der seismografisch festgelegten Grenzwerte spotzt sonst der Bewohner der anrainenden Eigentumswohnung dem Gast ins Bier und dem Wirt ein für alle Mal in die Suppe.

Auch der Nürnberger Mensch ist in der Frage schwerer Umweltbelastungen, wie Schnalzen mit der Zunge, Auf- und Anstoßen oder Kauen mit geöffnetem Mund, im Lauf der Jahrzehnte sehr sensibel geworden. Samtgepolsterte Maßkrüglein mit Lärmschutzwalldeckel werden derzeit vom Lechz- und Wirtschaftenausschuß auf ihre Dämmfähigkeit untersucht. Statt Bier wird in unseren Biergärten häufig erst einmal der Schall geschluckt. Und um 23 Uhr ist Feierabend, so schnell kann mancher gar nicht trinken, daß er einigermaßen lustig wird oder gar mit dem einen oder anderen Bier voll aus sich herausgeht. Artesische Brunnen brauchen erfahrungsgemäß mehr Druck.

Doch man soll das Zäpfchen im Hals, den Gradmesser für die mittelfränkische Fröhlichkeit, nicht sinken lassen: Es gibt noch Linden und Kastanien, schwer schnaufende Kellnerinnen, mumpfelnde Ober, auf den lackierten Brettertisch gehämmerte Unter und staubige Brüder sowie die unabdingbar dazugehörigen Biergärten.

In der Bärenschanzstraße, keine dreihundert Meter vom Staatsanwalt entfernt, der dir dann die Dauer deines Zwangsspaziergangs ganz genau mitteilt, öffnet jedes Jahr der Patriziergarten seine Spundlöcher und hat uns schon mitten im Sommer sehr schöne, überraschende Bodennebel beschert. Mit einer Sichtweite von vielleicht 12 Monaten und 6000 Mark Geldstrafe.

Wenn im Norden der Stadt die ersten Flieger am Firmament brummen, die Zapfhähne balzen und die Porsche 924 Leasing-Turbo röhren, kann man auch im Tuchergarten am Marienberg schon sein Mäßlein im Freien zu sich nehmen. Man soll über den Krug immer einen Bierdeckel legen, daß vom nahen Flughafen nicht die alle vier Wochen unermüdlich startenden und landenden Air-Busse hineinfallen. Nach dem Trinken bietet der nahe Volkspark Marienberg schöne Gelegenheiten zum Austaumeln. Ein Radler ist nach sechs Maß Tucher heavy schon einmal außerordentlich light über eine Parkbank gefahren. Der anschließende Rundflug hat an der Flurstraße geendet, wo es Bier aus dem Tropfer gibt.

Stadteinwärts stoßen wir sodann auf den Marientorzwinger, wo wir von der Höhe der ehemaligen Stadtmauer aus dem Tirilieren und Zwitschern und geheimnisvollen Raunen der Autos am Ring lauschen können. Bei Ostwind soll man für etwaige Unterhaltungen sein Megaphon mitbringen. Die Küche ist soweit in Ordnung, auch befindet sich der Marientorzwinger mitten in der Kulturmeile, was Andächtigkeit beim Trinken erzeugt und andere halluzinatorische Phänomene ebenfalls verstärkt.

Pegnitzabwärts in Richtung Fürth stößt der Anhänger des Outdoor-Saufens gerade noch innerhalb der Stadt-Doore auf das Kleinod beziehungsweise Mittel- bis Großod des original Nürnberger Biergartenwesens, nämlich auf den Kettensteg. Dort hüpft die Leber des Kettentrinkers höher. Lindenbäume stehen auf der Wacht, die Bedienungen haben das Herz gut sichtbar noch am rechten und am linken Fleck, Herr Alfred persönlich hat die Ausschankleitung, stets aufmerksame Ratzenpatrouillen schleichen am Ufer entlang, und wenn es plätschert, ist es nicht immer die Bengerz. Es wird Patrizier schaumfrei ausgeschenkt, was man vom Tucher-Bräu am Opernhaus nicht sagen kann.

Vom Biergarten an sich ist kein weiter Weg zum Tiergarten, wo zweckdienlich eigentlich Tieflandtapire, Höckerameisen, isländische Beuteläffchen oder kanadische Klöppelkraniche gemäß ihrer natürlichen Bestimmung in Käfigen gehalten werden, aber auch der einheimische Saufkopf zu seinem Recht kommt. In der schon seit Menschengedenken bestehenden Waldschenke hat es in alten Zeiten der geordneten Klassenausflüge das roteste Himbeerlimo der Welt gegeben. Aber auch schon das Noocherla genannte Restbier aus dem Nachbarkrug, das aus untertänigen Zweitklässlern manchmal wilde Bestien gemacht hat. Vollräusche kommen an Sonntagnachmittagen und bei kleinen Kindern dort inzwischen seltener vor, denn es herrscht Andrang durstiger Seelen aus aller Herren und Damen Länder. Unter der Woche aber und bei Regen kann man in der Waldschenke ganz allein unter einem Vordach sitzen und von freigelassenen Eisbären und dunkelroten Himbeeren träumen.

Wir schwanken sodann weiter dem legendären Vorort Zabo zu, wo das alte Clubhaus mit seinen stets verklemmten Brauhausstühlen und der berühmten Frau Sturm, die zehn Maß auf einmal tragen hat können, aus wirtschaftlichen Gründen vor dreißig Jahren abgerissen hat werden müssen. Dadurch geht es jetzt dem 1. FC Nürnberg wirtschaftlich wesentlich besser. Dort, wo der Schobers Gustl nach einigen Freibieren manchmal seine weit über die Grenzen der Stadt hinaus berühmten Pirouetten heimwärts gedreht hat, wachsen heute keine Pils, keine Promille mehr. Dafür ein paar Meter weiter unten im Endreß-Garten, wo ein Gast zur Feier des Club-Sieges schon einmal direkt vom Biergarten in den nahen Goldbach abgeglitten ist. Er hat in die Stadt schwimmen wollen. Und von da wahrscheinlich über Pegnitz, Regnitz, Rhein-Main-Donau-Kanal ins Schwarze Meer. Statt dessen hat ihn aber der Victor, der Wirt vom Endreß-Garten, am Kragen rausgezogen und zum Trocknen an die Garderobe gehängt.

Wer nach dem Endreß-Garten noch Kapazitäten frei hat, soll das nahe Bienenheim und seine immer noch ziemlich geheim gehaltene Schrebergartenkantine keinesfalls außer acht lassen. Eine griechische Wirtin und ein Nürnberger Wirt servieren unter voll rauschenden Tannen außer den kostenlosen Bienenstichen abortdeckelartige Schnitzel, sauber eingeschenkte Biere und ein Übermaß an Gastfreundschaft.

Keinesfalls vergessen soll man auch das Park-Café Wanner am Dutzendteich, wo früher unterm Pavillon die Musik gespielt hat und demnächst den Gästen wegen Verkauf der Marsch geblasen wird. Und dann noch das *Gärtla* am Stadion, das *Gesellschaftshaus Gartenstadt*, der lauschige Bier-Hinterhof der *Silbernen Kanne* in der Südstadt, zahlreiche Vereinsheime, die *Baggerloch-Kantine* in Gleißhammer.

Wahrscheinlich vergißt man während einer Tour durch Nürnbergs Trinkwürdigkeiten auf allen vieren wieder einmal die Hälfte und bringt es geografisch ganz schön durcheinander. Aber bei der Inventur im Entallertabletten-Lager stellt man dann doch fest: Es ist noch kein Notstand am Halspegelstand.

Wenn auch die Erinnerungen an den Mögeldorfer Hochschaum, an Himbeerrot und Himmelblau, an durchsichtige Lindenblätter und bleiche Vollmonde und an die einzige Tuba der Welt, die einmal speien hat müssen, ein bißchen Schmerzen bereiten. Vielleicht ist es aber auch nur ein Kater mit Kopfweh und kalten Wickeln.

Der alte Mann aus Lungsdorf

Die Sonne ist noch nicht im Tal. Da hört man im Winter den Frost in der Finsternis. Da steht im März der Atem über dem Fluß. Da hat im Sommer das Gras eine Gänsehaut. Im Herbst, wenn ein Tag beginnt, ist der Himmel schon in aller Herrgottsfrüh ein Stück Zellophanpapier über einem Einweckglas. Um diese Zeit steht der Bauer Johann Meyer auf, Winter wie Sommer, von Januar bis Dezember, jeden Tag, nur am Sonntag schläft er eine Stunde länger. Johann Meyer ist fünfundsiebzig Jahre alt. Seit zweiundzwanzig Jahren trägt er in Lungsdorf an der Pegnitz jeden Früh die Zeitung aus. Das tut er nebenbei und weil es ihm Spaß macht. Das Leben des alten Mannes, der Augen hat wie ein Junger unter seinem viel zu großen speckigen Filzhut, das Leben des alten Mannes ist der Fluß. Auf der anderen Seite der Pegnitz sind seine Äcker, die jetzt dem Sohn gehören, herüben auf der Dorfseite steht ein Haus, ein Stall für die letzten zwei Gänse, die ihm noch geblieben sind, und da mäht er im Sommer die Wiese, den Parkplatz für das einzige Wirtshaus in Lungsdorf. Er hatte früher die schönsten Pferde im Dorf, den besten Hopfen zwischen Neuhaus und Hersbruck und die gesündesten Kühe. Wenn das Gras am Parkplatz hoch steht, sieht man den speckigen Hut an den Gartenzäunen vorbeischweben, drüber wackelt die Sense – Johann Meyer geht zur Arbeit. Danach führt er seine zwei Gänse auf die fetten Wiesen am Fluß, und wenn die Sonne ins Tal kommt, sitzt er auf der kleinen, brüchigen Bank: drüben der Wald, dahinter die Äcker, herüben das Haus, der Gänsestall, geteilt durch den Fluß, der dort eine Biegung macht und unter der Brücke hinterm Wald verschwindet. Es ist eine berechenbare Welt, an der der Johann Meyer bei aller oberflächlichen Überschaubarkeit aber auch seine Zweifel hat. Bevor er was sagt, trinkt er ein Bier, drückt den Kloß vom Schweinebraten fest in die Soß und läßt nichts umkommen. Er sagt es so: »Ganz fräihers hom vill ba uns vo die Fiisch in der Bengerz leem kenner. Haid kennersd vo die Fiisch in der Bengerz nedd amol gscheid verhungern.« Es gab in der Pegnitz so viele Krebse, daß sie keiner als Delikatesse verkaufen mochte, in den Weidenkörben am Grund verbissen sich die Aale, Hechte standen im ruhigen Wasser vor der Biegung, Forellen und Äschen. Johann Meyers Urgroßvater lebte von den Fischen in der Pegnitz. Zu Beginn des Jahrhunderts, vor der Eisenbahn, hatte der Urgroßvater flußaufwärts bis nach Velden einmal in der Woche die Fische aufgekauft, das Pfund zu einer Reichsmark und sechzig Pfennig, und das Pfund Forellen in Nürnberg für zwei Mark wieder verkauft. Was dazwischen lag, war dem Fischhändler aus Lungsdorf die vierzig Reichspfennige Gewinn wert: ein Fußmarsch übers Gebirg bis nach Nürnberg von abends um sechs bis am anderen Morgen um sechs, auf dem Schubkarren das große Faß voll mit Pegnitzwasser und den frischen Fischen. Nachts marschierte der alte Meyer, damit das Wasser kalt blieb und die Fische lebend. Eine Pause gab es nur in Schnaittach, nach dem Gebirg, wo frisches Quellwasser ins Faß nachgefüllt wurde. »Haid«, sagt Johann Meyer, »haizerdooch konnsd hexdns nu a Wasser aus der Bengerz in die Schdadd neifoorn. Fiisch kanne mehr. Obber es

Wasser leffd ja vo selber nei.« Daß es in der Pegnitz keine Krebse mehr gibt, keine Aale und keine Hechte, und daß Forellen schon eine Touristenattraktion sind, dafür hat der Johann Meyer schon einen Schuldigen gefunden. »Forelln«, sagt er, »sin Süßwasserfiisch. Obber wenns suu weidergäid, nou is die Bengerz su salzich wäi es Meer. Des meeng die Forelln nedd.« Er mag es auch nicht, daß jeden Winter die schmale Straße durchs Pegnitztal mit Tonnen von Streusalz zugeschüttet wird. Es hilft den Autofahrern beim Beschleunigen und beim Bremsen, und es hilft der Pegnitz beim Sterben. So sieht es der Johann Meyer, und er denkt sich, daß es einfacher wäre, wenn die Autofahrer im Winter halt langsamer fahren würden. Wenn der kleine alte Mann mit dem viel zu großen Filzhut auf seiner brüchigen Bank an der Pegnitz sitzt, dann denkt er darüber nach, was man machen darf im Leben und was man nicht machen darf. Man darf es nicht zu weit treiben mit dem Übermut. So einfach denkt er es sich. »Wenn es Wasser amol ausbleibd«, sagt er, »nou mäißerd alles verkummer.« Und dann sieht man den großen, speckigen Filzhut an den Gartenzäunen entlangschweben, drüber die Sense.

Alles im Fluß

Man sollte möglichst an einem Samstag am späten Vormittag und während des Durchzugs eines Islandtiefs zuzüglich polarer Ausläufer in den Sattel steigen. Denn auch bei Regenwetter und klammen Fingern blühen am Wegesrand Schlehenbüsche, schnalzen Bitterlinge und Zwergbarsche in der Bengerz und türmen sich in den Auen bizarre Gebilde wie von Menschenhand oder Bernhardinerhund geschaffen vor uns auf.

Auf jeden Fall ist der Radweg von Malmsbach über Hammer, Wastl, Hauptmarkt, Kettensteg, Großweidenmühle, Deutschherrnwiese, Westbad, Westfriedhof, Westend bis zur Kläranlage ein Nürnberger Radfahrerparadies – mit kleinen Fehlern.

Wenn man bei Sonnenschein und Samstag nachmittags startet, muß man die Fahrradglocke von Schiller am Lenker alle paar Sekunden scharf durchziehen, daß die Passanten explosionsartig zur Seite spritzen. Ab 14 Uhr und 20 Grad Celcius ist der Radweg überfüllt, Stauberater säumen die Rennstrecke, und schon mancher verschreckte Fußgänger ist nach einem Auflaufunfall über die Freud- und Leidplanke in den Wöhrder See geschleudert worden.

Wir machen uns also in Schwaig-Malmsbach lieber frühzeitig auf den Weg, immer an der Pegnitz entlang, orientieren uns an der Markierung Hundehäuflein, bewundern die schöne fränkische Jodel- und Flachdach-Mischarchitektur der dortigen Wohnhäuser und gelangen bald unter die Autobahnbrücke, wo dumpfe Einschläge davon künden, daß über uns lebhafter bis zäher Verkehr herrscht.

An der wohltuenden Einrichtung eines Hundeabrichteplatzes vorbei erreichen wir nach wenigen Minuten ein sehr bemerkenswertes Gebilde: eine ursprünglich als Ruhebank gedachte Sitzgelegenheit. Sie ist in Blick- und Hörrichtung genau auf die Autobahn ausgerichtet. Im Gegensatz zur herkömmlichen Aussichtsbank handelt es sich hier um Nürnbergs einzige Aushorchbank. Auf sie hat der Nürnberger Mundartdichter und Pegnitzschläfer Paul Preller aus Mögeldorf das Lied geschrieben: »Es schdäid a einsams Bänkla an der Audobahn. Dou kummer jeedn Dooch die Duusheererdn zamm. Und horng ba Sunner, Reeng und Schnee, was schenner klingd: A Amsl, a Mazzedes, odder goor a BMWeh.« Der erste Jogger quert die Fahrbahn.

Wir radeln mitten durch ein Museum, durch die halb restaurierte, halb ruinierte Industriesiedlung Hammer, die man nicht nur Radfahrern, Wandersleuten und Altertumsforschern empfehlen möchte, sondern auch Herrschaften aus dem gehobenen Rationalisierungsmanagement. Von Jürgen Franzke wissen wir nämlich aus dem Pegnitzbuch, daß dort in Hammer vom Fabrikbesitzer nicht nur Messing- und Eisenpatscher beschäftigt waren, sondern daß diese Fabrikbesitzer ihren Arbeitern Mietfreiheit gewährten, Unkündbarkeit, Invaliditäts- und Altersrente und eine eigene kostenlose Schulausbildung – im 17. Jahrhundert. Demzufolge befinden wir uns momentan anscheinend im 16. Jahrhundert.

Vom Glockenturm schlägt die Uhr, ein wahrscheinlich leicht angetrunkener Gieger kräht, wir verlassen Hammer. Im Fluß zittern ziemlich winzige Wellen und träumen davon, daß sie einmal in ihrem ewigen Leben eine Stromschnelle sein möchten. Ein vom Sturm fachmännisch abgeknickter Weidenbaum liegt halb im Wasser und halb am Ufer. Laut Biologiebuch ist er jetzt eine Amphibie. Fünf Kinder spielen am Fluß, eines schreit: »Hob edzer schbill mer Ölbesd!« Und aus den Schrebergärten ertönt kurz darauf eine tiefe Stimme: »Schau blous dassd ausn Wasser rauskummsd. Und bring mer aff der Schdell mei Fahrradöl her!«

Wir nähern uns Oberbürg, das eine Holztafel als Wasserschloß ausweist. Es ist deswegen ein Wasserschloß, weil um es herum sich kein Wasser befindet. Auch ist Oberbürg in keiner Weise mehr ein Schloß, sondern nur noch Sandsteingemäuer. Die Amerikaner haben es im Jahr 1943 auf dringende Bitten von seiten eines gewissen Adolf Hitler bombardiert. »Es wird gebeten«, steht auf der Holztafel noch, »die Anlage zu schonen.« Wahrscheinlich haben die Amis 1943 diese Holztafel übersehen.

Wir ahnen linker Hand das von Gerd Schmelzer bewohnte Schloß von Unterbürg, die nicht mehr existierende Flaschenbierhandlung der Gretel und das auf Grund eines Wasserschutzgebietabrißerlasses ebenfalls nicht mehr existierende Haus von Heiner Stuhlfauth und seiner Liesl.

Die Pegnitz macht eine Rechtskurve, wir bremsen und stehen vor einem städtischen Rätsel: links ein Weg, rechts ein Weg, in der Mitte ein Trampelpfad. Wir wählen den Trampelpfad, erblicken schon wieder die vertraute Markierung von einem Fünfpfünder Schäferhundnachlaß und bemerken auf halbem

Weg zum Langsee in Sand und Erika sitzend, daß ein Radweg auch Sprungschanzen enthalten kann.

Auf dem zittrig gestreuten C-Platz vom Postsportverein spielt Rot gegen weiße Unterhemden, der Lange Steg zwischen Ebensee und Erlenstegen hat in den letzten vierzig Jahren nichts von seiner Grazie eingebüßt.

Wir biegen gemäß der Beschilderung links ab, befinden uns dadurch auf einem Sackradweg, die weißen Unterhemden gehen durch einen Flugkopfball in die Gambel mit 1:0 in Führung. Links erhebt sich Mögeldorf, rechts Jobst und ein Dobermann.

Der hier beginnende Wöhrder See mag einem älteren Herrn vielleicht immer noch ein bißchen fremd vorkommen. Man darf es ihm aber nicht übelnehmen, wenn er vor soviel See geschwind die Augen schließt und an ihm das Mögeldorfer Flußboot vorüberzieht; prall aufgeblasene Autoschläuche, ein Holzwehr mit Durchlaß zum Hinunterrutschen, Sandbänke, Marmeladgläser mit Gurkensalat drin, selbergemachte Zitronenlimonade, Farbensammeln und Fingerbitzeln, blaugefrorene Lippen, roter Mohn, eine Saublase vom Memmert als Luftballon. Der Herr spinnt nur in der Vergangenheit rum. Genehmigt. Jetzt ist Mögeldorf so was Ähnliches wie Herrenchiemsee. Gegenwind kommt auf, der eine bis zwei Tränen erzeugt.

Wir überqueren schleunigst die Flußstraße unter strikter Beachtung der Flußstraßenverkehrsordnung, daß wir nicht in die Erlerklinik kommen. Rollschuhläufer kommen uns entgegen, zwei Geisterjogger, Skateboarddriver, Windhunde. Es nähert sich die Innenstadt. Der jetzt prunkvolle sechs- bis großspurige Bikeway führt uns zum Radlerrasthaus vom Wastl.

Ein letzter Blick zum Turm der Thusneldaschule. Beim Anblick der düsteren Erziehungsburg fallen uns große Namen ein wie Kastner, Gutmann und Katechet Roth sowie der für die Pädagogik epochale Satz des Lehrers Loos: »Edzer schreibsd hunderdmool ›ich darf nichd schwädzen‹, und es nexde mool haui der lings und rechds anne am Baggn naaf.«

Wir unterfahren den Wöhrder Talübergang in einem badezimmerartig gefliesten Tunnel und wundern uns, wofür man alles Geld ausgeben kann. Für einen Kunstsee, für das Verfassen der zehn grünen Gebote, für mehrere in den Himmel erhobene Zeigefinger mit dem Sammelnamen Noricus, für das Pflastern der Insel Schütt. Am Heilig-Geist-Spital verlassen wir die Pegnitz, fahren möglichst schnell über den Hauptmarkt, weil es verboten ist und dort kommunale Ordnungswidrigkeitenahnder lauern, und befinden uns nach einer zügig getrunkenen Maß im Gasthaus *Zum Kettensteg* (das Patrizierbier kündet schon vom nahen Fürth) bereits wieder im Untergeschoß der Stadt. Auch an der Hallerwiese heißt es: Augen zu, denn der Quadratschädelbau eines Altersheimes am anderen Pegnitzufer erfreut den Radwandersmann rein optisch nicht.

Doch schon bald nähert sich die Deutschherrnwiese, wo sich im Jahr 1900 erstmals einige unempfindliche Nürnberger Herren gegenseitig auf die Schienbeine gedroschen und dadurch den 1. FC Nürnberg gegründet haben. Gemäß alten Überlieferungen soll dieser Club früher einmal sehr ruhmreich gewesen sein.

Links erhebt sich das Dürer-Gymnasium, danach die sogenannte Justizvollzugsanstalt, in Fachkreisen auch als Mannertstraße bekannt. In der Mannertstraße sitzen meist nur leichtere Fälle ein, bis zu fünf Jahren. Im Dürer-Gymnasium dauert der Aufenthalt mindestens neun Jahre. Noch länger ist die Verweildauer am anderen Pegnitzufer gegenüber, wo der Westfriedhof lauert.

Unter der Brücke steht Schwarz auf Grau: Türken raus, Ausländer raus, der Tag wird kommen. Am Judenfriedhof, der sich dem Westfriedhof anschließt, kann man an den Inschriften auf den Grabsteinen wie Majdanek, Theresienstadt, Auschwitz, Mauthausen nachlesen, daß der Tag schon öfter gekommen ist.

Nach nicht ganz zwanzig Kilometern, kurz nach dem Fuchsloch und ein paar hundert Meter vor Fürth, stellen wir unser Fahrrad am *Gostenhof Bub* ab und kaufen uns unterm Kastanienbaum eine Halbe. Besser zwei.

Bei der etwaigen Ermittlung des Kilometergeldes geben wir zu bedenken, daß es von Malmsbach bis zur Kläranlage zwar nicht einmal zwanzig Kilometer sind, daß der Radweg an der Pegnitz aber unter Umständen eine sehr lange Reise bis in die zweite Vergangenheit sein kann und manchmal nicht nur die Waden weh tun.

Von der Deutschherrnwiese zur Kläranlage

Die Tour steht in keinem Touristenbuch: als Markierung immer dem Gestank nach von der Bedürfnisanstalt Hallerwiese über die Großweidenmühle, vorbei am Westbad, vorbei an Johannis, Schniegling, Westfriedhof, am Fuchsloch bis zur Kläranlage an der Stadtgrenze zwischen Nürnberg und Fürth. Im Gras blühen schon die Marlboro-Schachteln fränkisch rotweiß, die Bierdosen treiben, und Glasscherben glitzern im Morgentau. Es duftet nach Jasmin und Benzin, und es steigert sich am Klärwerk, wo der Fluß ein Odelfaß geworden ist, zur ganzen Palette großstädtischer Geruchsorgien. Wir beginnen die Wanderung also an der Bedürfnisanstalt Hallerwiese am Fluß entlang. Bald sehen wir am anderen Ufer die Deutschherrnwiese. Sie besteht aus großen und kleinen Gebäuden, aus Ämtern und Schulen, Firmen und Parkplätzen. Das Wort Wiese hatte früher eine andere Bedeutung. Die nahe Bezirkssportanlage deutet dort, wo sich zwischen den gekalkten Seitenlinien ein Fußballplatz befindet, noch auf das Vorkommen von Wiesen in früheren Zeiten hin. Im Gebüsch pfeift der Vogel-Jakob, der mit einem Membranplättchen zwischen Zunge und Gaumen alle Vogelstimmen imitieren kann. Auf dem mittleren Sandsteinpfeiler der Johannisbrücke steht mit unauslöschbarer Sprayfarbe »Türken raus«. Diesseits und jenseits des Flusses sind die zwei Judenfriedhöfe der Stadt. Der eine gleich hinter den Schornsteinen des Krematoriums, der andere zwischen morschen Bierfässern und abgegebenem Leergut im Hinterhof der Brauerei. Die Deutschherrnwiese ist ein geeignetes Stück Stadt, sich der zwölfjährigen Geschichte der deutschen Herren zu erinnern und sie nicht zu vergessen. Für die angenehmeren Erinnerungen steht ein vergessenes Denkmal noch weit vor der Brücke: das Gasthaus *Zum Hippel*, in dem Robert Gebhardt, genannt der »Zapf«, nach dem zweiten Weltkrieg seine Mannschaftskameraden vom 1. FC Nürnberg mit dünnem Bier und fettem Schweinefleisch aus dem eigenen Wirtshaus lebensmittelmarkenfrei versorgte. Anfang Oktober 1901 hatte der Club auf der Deutschherrnwiese sein erstes offizielles Fußballspiel gegen eine Mannschaft aus Bamberg ausgetragen und 5:1 gewonnen. Ein Jahr vorher, im Mai 1900, war der 1. FC Nürnberg im Gasthaus *Zur Burenhütte* in der Deutschherrnstraße gegründet worden.

Nach der Brücke öffnet sich das Tal. Auf der Höhe residiert links und rechts der Pegnitz sandsteinerne Traurigkeit: ein Gymnasium, das Gefängnis, der Friedhof. Vom Fuchsloch an ist für die Fortsetzung der Wanderung durch die Flußlandschaft eine Gasmaske empfehlenswert. Den Gestank vom Klärwerk hat die Stadt noch nicht im Griff. Die Schnieglinger schon. Wenn sie frische Luft im Zimmer haben wollen, machen sie die Fenster zu und halten die Gegend um den Plärrer selbst zur Zeit des Stoßverkehrs für einen Luftkurort. Das Niederwild hat sich verändert. Statt Wiesel, Iltis und Bisamratte verkehren im Pegnitzgrund tagsüber Foxterrier, Basset, Pudel, Pinscher und der aufrechte Windhund. Wer fischen will, muß dies im trüben tun. An den langen Sommerabenden sitzen dort unten im Tal Türken,

Griechen, Italiener und Jugoslawen, essen Melonen aus dem Supermarkt, singen mit den Zigeunern Lieder in ihre Herzen und wissen nicht, warum sie das gleiche sein sollen wie der Fluß vor ihnen: der Abschaum in der Stadt. Die Pegnitz fließt nach Fürth, vereinigt sich mit der Rednitz und heißt Regnitz. Wir verlassen den Weg.

Solo für Daheimbleiber

Es war die Zeit, wo man im Kohlmannsgarten sitzt bei einem Kännchen Kaffee und dem letzten einigermaßen frischen Zwetschgenkuchen der Saison oder Spiegelei mit Röstkartoffeln und Kopfsalat. Die Salatblätter werden schon vor dem Servieren welk, es war Herbst in Muggendorf. Luftschlangen lagen über dem Tal. In der dreißig Kilometer entfernten Stadt wurden jetzt schon die Buchungen vorgenommen für Barbados, Los Angeles, Florida, oder wenn es hinten und vorn nicht reichte, wenigstens Gran Canaria. Viele stadtbekannte Fernreisende und angehende Millionäre trafen sich im ersten Stock des alten Sandsteinhauses am Unschlittplatz, wo man bei dem Herrn mit der Krankenkassenbrille seine Rolex für ein Vierteljährchen ins Stierheim bringen konnte. Kurt Schmal, einer der unbekanntesten Daheimbleiber der Stadt, hatte sich nach einer kurzen Besprechung im Bräustübchen mit drei gut befreundeten Verehrern von Schlehengeist und anderen in der Nähe liegenden Annehmlichkeiten für eine Woche Stillstand in Ebermannstadt und Umgebung entschlossen.

Eine Weltläufigkeit ist natürlich schon sehr schön. Aber es kann ja nicht jeder dabei sein, wenn die Welt läufig wird in Hongkong, Djakarta oder Johannesburg. Es muß auch welche geben, die Karl Bröger lesen, für den Cowboy von Pretzfeld, der mit seiner fernöstlichen Honda in der langgezogenen Kurve von der Sachsenmühle durch die Luft geflogen ist, ein stilles Gebet verrichten, und im Wirtshaus drei laufende Bauern nicht für steuerflüchtige Landwirte halten.

Im Kohlmannsgarten sind die Tische und Stühle schon schön schlampig gestapelt gewesen, und in der nahen Stadt hat man für Weihnachten gerüstet und eine erneute Zunahme der Umsatzraten vermutet.

Es kommen zu dieser Zeit immer sehr viele Fernreisende aus Los Angeles, Barbados oder Florida in die Stadt. Der weltweite Menschenaustausch hatte schon begonnen, als die vier Daheimbleiber sich aus der Stadt schlichen. Kurt Schmal hatte schon eine Winterahnung und sagte nach vier Bier und jeweils einem Schlehengeist dazwischen:

»Stille quillt aus allen Räumen
Füllt den Tag so weit und breit
Und in buntem Wirbel
schäumen
Farben letzter Heiterkeit
Aber hinter allen Bäumen
Glänzt das Land schon
tiefverschneit
Und es schimmert von den
Träumen
Einer trostvoll weißen Zeit.«

So was kann man leicht sagen, wenn man nicht viel von fernen Ländern weiß, sondern nur düstere Ahnungen hat in der violetten Abenddämmerung, daß in der Stempfermühle unter Umständen noch Zimmer frei sind.

Man hätte auch noch durch den Wald nach Gößweinstein hinaufgehen können, aber unten hat es schon nach Gans gerochen, nach Forellen Müllerin Art, und einer der vier Herren hatte das unbestimmte Gefühl, daß er bald ein Eichel Solo mit sieben Trümpfen spielen wird. Diese Vorahnung hat sich bestätigt. Als einzige Fehlfarbe hatte er die Schellnsau. Und als über dem schmalen Fluß am Holzsteg die Frostschwaden aufstiegen und sich Rauhreif über die zitternden Erlen zog, kostete das Eichel Solo pro Mann eine Mark achtzig. Natürlich nichts gegen eine vierwöchige Kreuzfahrt auf der »Europa« mit Außenkabine um fünfzehntausend Mark.

Dieses Spiel fand nach dem Gansessen gegen halb sieben statt, als es draußen schon stockfinstere Nacht war und in der Stadt gerade falsch geparkte Autos, das Stück zu zweihundertfünfzig Mark, abgeschleppt und ein Posaunenchor aus Jericho wegen Ruhestörung vom Fremdenverkehrsamt mit fünf Dosen Lebkuchen bestraft wurde. Über dem engen Flußtal rauschte das kostenlos fließende Wasser und eine gemeinsame Nullsiebener-Flasche Schlehengeist vier Herren in den Schlaf.

Kurt Schmal hat vorher noch das Abendlied aufgesagt:

»Graue Schatten fallen
Kühl auf deine Wange
Winter ist gekommen, friert in
deinem Blick
Träge Schollen Eises
Rollen schwer im Blute
Arme, zarte Seele
Liebes kleines Herz.«

Es war ein Abendlied für Kinder.

Die Tage im Dezember in dem Tal dreißig Kilometer von der Stadt entfernt waren wie aus einem Guß. Früh sind an den Fenstern schneeweiße Schlüsselblumen und Wiesenschaumkraut gewachsen, mittags ist der Rauch senkrecht über dem Schornstein gestanden und hat nach Buchenscheiten und Schweinebraten mit schwarzer Soß gerochen, und nachts ist ein bleicher Mond, wie er nur Daheimbleibern erscheint, über dem Walberla geschwebt und hat gottserbärmlich gefroren. Es sind auch dringliche Fragen ausführlich besprochen worden. Wie zum Beispiel, ob die Wirklichkeit wirklich ist, ob man mit dem Fortschritt vorwärtskommt oder ob man aus der Zeit einen Stausee machen kann.

Nach einer Woche war die Wanderung durch das Tal beendet. In der Vorstadt wäre Kurt Schmal beinahe von einer Polizeistreife vorläufig festgenommen worden wegen Landstreicherei. Mit einem Rucksack am Buckel, Bartstoppeln im Gesicht und einem starken Schlehengeruch um sich darf man in der Dämmerung nicht durch einen Nobelvorort schwanken. Und wenn man auf die Frage nach seinem Beruf antwortet: »Gelernter Daheimbleiber im achtundvierzigsten Berufsjahr«, dann kann die anschließende Niederschlagsmenge ohne weiteres aus drei bis vier Schelln bestehen. Während dreißig Kilometer entfernt die Wiesent schon wieder anfängt, in aller Ruhe Rauhreif herzustellen und als Touristenattraktion an die Erlen zu hängen.

Mein Franken

Franken

Wenn abends die Mittelgebirge auf der Wetterkarte auftauchen, 20.15 Uhr, mit keinem Schnee, keinem Hagel, kaum einem Steinschlag oder Erdrutsch, ohne Schroffheiten und Katastrophen, dann sind wir gemeint. Die südliche Rhön, ein Trumm vom Spessart, Fichtelgebirge, Frankenwald, Haßberge, Fränkischer Jura, Fränkische Schweiz, Steigerwald, Wichsenstein, Glatzenstein, Hohenstein und Moritzberg. Die fränkischen Berge, alles Auslaufmodelle. Die fränkischen Täler fast so hoch wie die Höhen. Das fränkische Land ein Niemandsland, auf der Wetterkarte höchstens an einem feinen Haarriß zu erkennen von Ost nach West, das ist der Main. Pegnitz, Regnitz, Wiesent, Rezat, Rodach, Altmühl sieht man schon nicht mehr.

Vier graue Bänder durchzieht das Land. Die Autobahn von Frankfurt nach München, die Autobahn von Berlin nach Nürnberg, die Autobahn von Würzburg nach Ulm, die Autobahn von Amberg nach Heilbronn. Aber erst seit das Verkehrsministerium den Hundert-Kilometer-Stau eingeführt hat, erkennt auch der Schnellreisende in dem Sehschlitz zwischen Auspufftopf und Leitplanke: Da ist wahrscheinlich ein Land hinter den sieben Bergen von Zwergen. Ein Land mit Fachwerk, Handwerk und Mundwerk. Ein dreieckiges, rotweißkariertes Land, ein Biederland, kein Musterland.

Bis 1989 war es in den unverrückbaren Winkel zwischen der DDR und Tschechoslowakei eingezwängt, durfte pro Legislaturperiode fünfmal um Grenzlandhilfe wimmern, hatte an der Ostgrenze fest installierte Wink-Stützpunkte, berlinartige Mauerschicksale in handtuchgroßen Dörfern. Wer seine Ruhe haben wollte, fuhr von Nürnberg aus eine gute Stunde nach Osten und war schon am Arsch der Welt, wie die Menschen aus Schnarchenreuth, Gottmannsgrün, Töpen oder Regnitzlosau ihren Längen- und Breitengrad auf einen Punkt brachten. Die Zeiten, wo Hof die Hauptstadt von Bayerisch Sibirien war, sind vorbei. Aber immer noch ist Hof der eine Eckpunkt des fränkischen Bermuda-Dreiecks, Aschaffenburg der andere, und bei Solnhofen, das Gott sei Dank fast kein Tourist kennt, der dritte. Gleich dahinter fängt Oberbayern an. Bayern wird in München von fränkischen Ministerialbeamten und fränkischen Staatssekretären unter Zuhilfenahme von Frankenwein regiert.

Auf Befehl Napoleons wurden im ersten Jahrzehnt des 19. Jahrhunderts die fränkischen Reichsstädte, die Reichskreise, die alten Raubritterburgen, ja das ganze fränkische Flickwerk gesamtbayerisch eingemeindet. Im Jahr 1806, während der wittelsbachischen Land- und Stadtnahme, soll in Nürnberg eine Patrizier-Dame ihre Kinder umarmt und geschluchzt haben: »Jetzt seid ihr Fürstenknechte.« Die bis dahin Freie Reichsstadt Nürnberg war damals nämlich bankrott.

Franken ist unfaßbar. Das Dreieckstuch an seinen drei Zipfeln nehmen und gut durchschütteln – da lachen ja die Hühner. Das eine Franken liegt am Main und am Wein und heißt Unterfranken. Das andere Franken auf der Linie Bamberg, Bayreuth, Hof ist vielleicht, durchschnittlich und wegen der bereits erwähnten sogenannten Gebirge, ein paar

Zentimeter höher und heißt deswegen Oberfranken. Südlich der zwei nördlichen Franken liegt Mittelfranken. Mit der Mitte von Franken hat es überhaupt nichts zu tun. Nie werden sich die vier Millionen Franken, die auch keineswegs von den Franken Karls des Großen abstammen, auf eine Metropole einigen. Wer etwa in Würzburg einem einheimischen Herrn beim Sauerampfer-Dämmerschoppen erläutern möchte, daß Nürnberg die fränkische Metropole ist, kann sofort zahlen und gehen. Da könnte auch der Bürgermeister von Wicklesgreuth erklären, daß er ab sofort die zentral-fränkischen Regierungsgeschäfte übernimmt. Er würde ebenfalls mit Lokalverbot auf Lebenszeit belegt. Ersatzweise zwei Jahre Oberbayern auf Bewährung.

Franken wird von Würzburg, Bayreuth und Ansbach aus regiert. Das werden auch jene Herrschaften nicht ändern, die zur Zeit verstärkt von der Eigenständigkeit der Regionen in den Vereinigten Staaten von Europa plaudern und nach einer fränkischen Einheit mit einem fränkischen Führer lechzen, daß die in München schon schwere Zwerchfellerschütterungen haben. Ein fränkisches Bundesland soll es werden, der fränkische Teil von Württemberg gleich dazu. Mit Wolkenkuckucksheim als Hauptstadt.

Fränkisch als Amtssprache entfällt in Gesamtfranken dann allerdings, denn es gibt keine fränkische Sprache, sondern ungefähr so viele Dialekte wie Städte, Dörfer, Flecken, Gehöfte und Misthaufen. Und jeder ist der schönste Dialekt weit und breit.

Nähern kann man sich Franken auch nicht auf dem Umweg über einen bekannten deutschen Reiseführer, der das Dreieck kühn an seinen Ecken gepackt und behauptet hat: »Dennoch sind einige Grundzüge allen gemeinsam, die erst im Vergleich sichtbar werden. So hat der Franke kein dem Altbayern oder Schwaben vergleichbares Stammes- und Eigenbewußtsein, er paßt sich lieber dem Fremden an in Sprache und Sitte; er will nicht auffallen und dennoch geachtet werden. Beharrlich fordert er sein Recht und wirkt ausgleichend im größeren Kreis. Er sucht ernste Gespräche und liebt Neckereien, bei der Arbeit und in der Freizeit, bei Wein und Bier.« Nach diesem Einheitsfranken, der ein bißchen doof, ein bißchen versoffen, ein bißchen beschränkt ist und Schorsch den Schleimscheißer zum Vorfahren hat, wird seit Jahren fieberhaft gefahndet. Sachdienliche Hinweise bitte an den Polyglott-Verlag, München.

Also nähern wir uns dem fränkischen Land halt doch lieber über die in letzter Zeit sehr gut besuchte Autobahn. Gleich wenn man reinkommt, links, liegt Schweinfurt und das Atomkraftwerk Grafenrheinfeld. Sein Anblick erwärmt unsere Herzen und den Main. Als nächstes erblicken wir die Wahrzeichen von Würzburg, die Feste Marienberg im Westen, die wolkenkratzerartige Amisiedlung im Südosten. Schon wird die Autobahn zweispurig, die ersten ADAC-Stauberater spielen mit uns Mensch-ärgere-dich-nicht, bleihaltiger Wein hängt schwer von den Rebstöcken, links grüßt die alte Universitätsstadt Erlangen mit seinem majestätischen Kohlekraftwerk, es folgen die in alter Zwietracht vereinten Schwesterstädte Nürnberg und Fürth, Rothenburg bei Tokio können wir leider nur ahnen, und gleich hinter Greding sind wir schon wieder aus Franken draußen.

Wer länger bleiben mag als zwei Stunden, soll sich vorsichtig ins Landesinnere begeben. Dort kommen noch Einheimische vor, die allerdings nicht Tag und Nacht ernste Gespräche suchen, Neckereien lieben, bei der Arbeit und in der Freizeit, bei Wein und Bier.

Man kann sich dem hin- und hergebeutelten Land, der Bratwurst-Prärie, auch an Tagen wie Samt & Seidel nähern. Am ergiebigsten sind die Spätsommertage, an denen man sich im Jaguar, Mercedes, BMW oder gar am Spazierstecken in der Dämmerung auf den Moritzberg zieht, wo der Kärwa-Vorabend vielleicht sanft zwischen vier bis fünf Schoppen Silvaner eingebettet ist. Ab drei Schoppen verwischen sich schon die Standesunterschiede zwischen Spazierstecken und Jaguar. Die Freifrau von Sowieso hat heuer für ihr Fachwerkwirtshaus wieder eine Pachterhöhung angekündigt, was sich aber ein pensionierter Freigeist zwischen roten und weißen Geranien überhaupt nicht verdrießen läßt. Er spielt auf seiner der Völkerverständigung dienenden Zither Lieder vom oberbayerischen Edelweiß mit der gleichen Hingabe wie die Moritat des Bimbala vo Laff, die eindeutig fränkischen Ursprungs ist. Man ißt dazu Preßsack, frische Bratwürste, einen Oobatztn, Stadtwurst mit Musik und die dort noch in freier Wildbahn vorkommenden Schnaken. Auf den ebenfalls noch vorkommenden Buchen steckt oben drauf wie eine Christbaumspitz der Halbmond, und dazu singt der Herr Heiner die bekannte fränkische Weise von einem badischen Dichter namens Victor von Scheffel »Den allerschönsten Sonnenschein läßt uns der Herrgott kosten«. Beim Abstieg ins neblige Tal durch die Finsternis des Steckerlaswaldes leuchtet sich jeder mit seinem vom Wein rotgetrunkenen Zinken laternenartig selber heim. Manchmal gibt es Mitte bis Ende August auch noch Glühwürmchen. Aber die Nächte sind schon frisch, und man soll sich nicht in vollkommener Glückseligkeit in den Straßengraben gleiten lassen. Es sei denn, man hat einen Schutzengel oder einen Jaguar.

In ähnlicher Vollkommenheit trifft man es an solchen Tagen und Nächten vielleicht auch in der Fränkischen Schweiz an, die die Trinität der heiligen Regierungsbezirke fast alle drei berührt. Das heißt also, dieses von irgendwem oder irgendwas begnadete Stück Landschaft – dreieckig schon wieder wie ganz Franken – liegt mitten im Land, geschützt von den Rändern, geschützt vom hin und wieder leicht herben Charme seiner Bewohner, geschützt auch von noch nicht ganz größenwahnsinnig gewordenen Fremdenverkehrsdirektoren. Auch in der Vertikalen ist die Fränkische Schweiz dreigeteilt: in irdisch, unterirdisch und überirdisch.

Die irdischen Heerscharen, die man im späten Herbst leicht zählen kann, möchten vielleicht in einem Wiesent-Wirtshaus sitzen, dem Wasser beim Rauschen zuhören, der Wirtin beim Waafen und unverdrossen Schafkopf spielen, bis wieder der dünne Mond über der Burg von Gößweinstein steht und dem Freiherr Gilbert von Sohlern beim Heimwackeln leuchtet. Sogar irdische Dichter hat man an der Wiesent schon sehen können: Günter Grass, Heinrich Böll, Hans Werner Richter, Martin Walser, Ingeborg Bachmann, Ilse Aichinger – also fast alle, die der fränkische Bundeskanzler Ludwig Erhard mit den Künstlernamen »Pinscher und Schmeißfliegen« bedacht hat – wie sie sich im Gasthaus zur Pulvermühle an einem langen Wochenende den Kopf vollgetrunken und sich ihre schweren Werke vorgelesen haben. Es war das letzte Treffen der Gruppe 47 im Herbst 1967 in der Fränkischen Schweiz. Sonst kommen dort Dichter und Denker irdischer Art seltener vor. Es sei denn der Flaschnermeister Konrad Grübel, der im vorigen Jahrhundert auf der Burg Hohenstein teilweise ziemlich wohlklingende Gedichte im Nürnberger Vorstadt-Dialekt gedichtet hat, oder Christine Schulz aus Kunreuth.

Die unterirdische Welt der fränkischen Schweiz wird in den Prospekten von Pottenstein, Tüchersfeld, Streitberg, Muggendorf und Rabenstein mit Ehrfurcht und Inbrunst beschrieben. Denn die wahrscheinlich 300 Tropfsteinhöhlen lassen das Herz eines jeden rutschfesten Wandersmannes höher schlagen. Manche sind elektronisch voll erschlossen, manche dienen der Heilung von Asthma-Kranken, manche kosten Eintritt, manche erinnern uns an unsere Kindheit, und die meisten sind ein paar Millionen Jahre alt. Auch wird jetzt oben auf der Alb über Pottenstein ein Golfplatz errichtet, daß hier endlich auch Millionäre bei den Hühnerloh-Open einlochen können. Die sanfte Landschaft, die im Herbst so ausschaut, als säße sie in einem Marmeladenglas mit einem Zellophanpapier drüber, wird es hoffentlich nicht weiter jucken.

Wer das Überirdische der Fränkischen Schweiz besichtigen will, soll sich an ihre westliche Grenze nach Heroldsbach begeben, wo einem nachts der

Teufel auf seinem Rundflug zwischen Wirtshaus und Walberla begegnet und tagsüber die heilige Jungfrau Maria. Die ist dort im Jahr 1949 ein paar übergeschnappten Schulkindern am Hügel vor dem Birkenwäldchen hinterm Dorf erschienen. Womit sich heute noch ähnlich wie in Lourdes, Fatima oder Tschenstochau ein schönes Geld verdienen läßt. Inzwischen hat sich die Jungfrau mit ihren Heilungen und Weissagungen schon lang nicht mehr blicken lassen. Und der letzte Merkwürden dort muß sich inzwischen schon etwas einfallen lassen, daß die Wallfahrer mit ihren Spendierhosen doch noch nach Heroldsbach tröpfeln. Aber wenn man schon die Maria nicht wie einen bunten Drachen überm Birkenwäldchen schweben sieht – wenigstens ist im Herbst dort die Luft sehr wohltuend.

Kurz vorm Winter pfeift der böhmische Wind über das ganze fränkische Land und verschont höchstens das milde Maintal. In Kulmbach braut man dann schon den Weihnachtsbock, in den Geflügelbatterien werden die Gänse gestopft. Wer Glück hat und einen gnädigen Winzer, der hat bei der Heimfahrt aus Nordheim ein Plastikfässlein Federweißen im Kofferraum stehen, das geheimnisvoll gluckert und rasch getrunken werden will. Und in den Weihern an der Aisch entlang geht es den Karpfen an den Kragen. Entgegen den romantischen Texten in den Faltprospekten will und will es in den letzten Jahren im Fichtelgebirge nicht mehr so recht schneien, ausgerechnet jetzt, wo wir dort lauter schöne, glattgehobelte Abfahrtsschneisen in den ehemaligen Wäldern haben und alpenmäßig konkurrenzfähige Kabinenbahnen. Aber es wird schon wieder wern, sachd die Frau Kern, gemäß einem alten fränkischen Sprichwort. Weil bei der Frau Korn is auch wieder worn.

Häufig hört man, daß Franken nicht der Landstrich ist, wo sich Dichter und Denker gegenseitig auf die Finger treten. Das mag erstens daran liegen, daß Weingeist und Schlehengeist hier ausgeprägter sind als der Widerstandsgeist, und zweitens stimmt es überhaupt nicht. Johann Richter, genannt Jean Paul, war ein Oberfranke, Leonhard Frank stammt aus Würzburg. Was ihm seine Vaterstadt nachhaltig schon durch jahrelange Diskussionen dankt, ob man eine kleine Sackgasse nach ihm benennen soll. Er hätte seinen Roman nicht Links, wo das Herz schlägt nennen sollen, sondern vielleicht Rechts, wo die Brieftasche ruht. Max von der Grün ist von einem Dorf im Fichtelgebirge nach Dortmund gegangen. Hermann Kesten ist 1933 von Nürnberg ins Exil gegangen worden. Ludwig Fels ist 1984 nach Wien emigriert. Fitzgerald Kusz von Großgscheidt nach Nürnberg. Gerhard Krischker schreibt und bleibt trotzig in Bamberg. Nicht weit weg davon, gerade noch im Schatten des Bamberger Doms, forscht Karlheinz Deschner schon seit Jahren über die Verbrechen, die im Namen Christi begangen wurden, und findet kein Ende.

Der immerwährende Kaffeehaussitzer Hermann Kesten hat über seine fränkische Heimat geschrieben: »Die Fränkische Schweiz war eines der Paradiese meiner Kindheit. Ohne daß mich ein Engel mit dem Schwert aus diesem Paradies vertrieben hätte, bin ich seit vierzig Jahren nie mehr zurückgekommen. Aber wer ist schon ins Paradies zurückgekehrt?... Ich setzte mich auf mein Rad und fuhr den ganzen Tag, an den Ruinen vorüber und an den Schafen, an den Forellen in der Wiesent vorbei, und an den fränkischen Steinzeitbauern und durch die Städte Forchheim und Erlangen, und als ich endlich müde und staubig nach Hause kam, legte ich mich in mein Bett, und meine Mutter kam zum Gutenachtkuß und sagte: Aber mein Kind, du weinst ja ...«

Der fränkische Humor

Lieber wieder eine Kommunalwahl oder eine Landtagswahl, mögen jetzt vielleicht manche Menschen unterm Tisch seufzen, als einen Karneval. Aber vom Faschingsfreitag bis zum Ascherdienstag sind unweigerlich die fünf dollen Daache und man wird sich dem Frohsinn, der Freude sowie dem einen oder anderen Konfetti kaum entziehen können. Das Wichtigste im überall tosenden fränkischen Fasching ist der Büttenredner. Er steht auf jeder Faschingsveranstaltung wie der Fels in der Brandung und erschüttert von der Bühne aus das Vorgartenzwerchfell seiner Mitmenschen mit sehr schönen Witzen. Bei diesem Beruf liegt natürlich noch vieles im dunkeln. Was am meisten in uns bohrt, ist die Frage, wo bringt so ein Beherrscher des fränkischen Humors seine ganze Gaudi her? Wer schon einmal beim Verfassen einer Büttenrede mitwürgen hat dürfen, der weiß Bescheid. Es beginnt damit, daß sich der Büttenredner mehrere Flaschen Streitberger Magenbitter mit in seine Bibliothek nimmt und vielleicht noch seine Frau und sechs bis sieben gute Freunde. An diese Personen wird dann zu gleichen Teilen der Magenbitter verteilt und danach verschiedene Witzhefte. Zum Beispiel das Standardwerk des fränkischen Frohsinns *Humor ist, wenn man trotzdem lacht,* dann noch *Lachen ist die beste Medizin, Die internationale Lachparade, Der kleine Lachsack, Teil I, Der kleine Lachsack, Teil II, Lachen links und rechts der Pegnitz* oder *So lacht der Franke.* Aus diesen Werken werden die schönsten Witze ausgesucht, die der Humorist dann wie aus dem Stegreif seinem erstaunten Publikum mitteilt. Da der Franke von Natur aus ein höflicher Mensch ist, lacht er darüber. Durch die Ausstrahlung, die so ein Büttenredner hat, und das Abschreiben aus Witzheften kann man ihn und seine Helfershelfer auch als Wiederaufbereitungsanlage und Abschreibungsgesellschaft beschreiben. Dädä, Dädä, Dädäääää! Letztere drei Worte bilden einen Tusch, der stets nach der Pointe, fränkisch Beunde, gespielt wird. Am gelungensten ist so ein Abend in der Werkstatt eines Büttenredners aber, wenn die einzelnen Berater anfangen, Witze aus dem eigenen Repertoir zu erzählen. »Wallsd grood Vuurgarddnzwerch saggsd«, äußerst sich einer der Hilfs-Humoristen, »dou fälld mer aa anner ei. Also, dou kummd a Lillibuddaner innern Medzgersloodn nei und hubfd ... hald naa, anderschd. Dou kummd a Medzger innern Lillibuddanerzirgus. Naa verkeerd. Momend amol. Edzer hald amol eier Waffl! Dou kummd innern Lillibuddanerloodn der Zirgusmedzger, und dou hubfd nocherdla ... dou hubfd also der Dings ... edzer hobbin vergessn.« Dädä, Dädä, Dädää! Wie im Flug sind beim Anfertigen einer Büttenrede also fünf Stunden, zwanzig Witzhefte und vier bis fünf Flaschen Streitberger Magenbitter vergangen. Der Büttenredner hat währenddessen alles fein säuberlich in seinen Leitz-Ordner hineingeschrieben, verbindet dann noch alles künstlerisch mit dem roten Faden, der sich durch die Witze hindurchzieht, setzt seinen grünen Hut auf und die rote Nase und erheitert unter verschiedenen Künstlernamen wie »Der Gerch vo Gräfenberch«, »Der Kapo von Zabo« oder »Der Doof von Hof« die Menschen im Schweiße seines Angesichts. Wir sehen also daraus, daß die

Wiege des fränkischen Humors in Witzheften und im Streitberger Bitter steht. Und weiterhin sehen wir, wie hart ein Vertreter dieses fränkischen Humors arbeiten muß. Wir sollen ihn also darum keinesfalls verspotten oder gar über ihn lachen.

Konfirmation

Im Gegensatz zur katholischen Kirche ist der höchste Feiertag eines jungen evangelischen Menschen die sogenannte Konfirmation. Im Fränkischen auch unter dem Namen Konfermazion bekannt. Dieses Fest wirft in vielen reformatorischen Familien schon lange vor dem Palmsonntag seine Schatten voraus in Gestalt von Streitigkeiten um die Sitzordnung im Wirtshaus, Unregelmäßigkeiten auf der Geschenkliste und im Aufbrechen uralter familiärer Wunden. Um diese Konfirmation werden die Protestanten von den Katholiken schon seit fünfhundert Jahren beneidet, denn es gibt bei den Päpstlichen in Bamberg oder Würzburg nichts vergleichbar Erhabenes. Die Firmung und die Kommunion oder die Marienerscheinungen in Heroldsbach sind eine matte Sache dagegen. Es gibt dort nur Weihrauch, gedrehte Kerzen und hin und wieder ein vereinzeltes Wunder. Die Konfirmation hingegen ist eine großartige Zusammenkunft der gesamten Familie, an die wir noch zwanzig Jahre danach mit Entsetzen und Verschicken von den Einladungskarten erinnert werden, wobei wie durch eine Fügung der unterirdischen Mächte die Erbtante aus Bad Kissingen vergessen wird und der Konfirmand sich bereits einen fest einkalkulierten Scheck über DM 500 abschminken kann. Der schon fast ratifizierte Kauf eines Home-Computers, eines gotischen Phono-Turms oder eines Video-Recorders gerät in Gefahr. Zweitens haben wir dann die ebenfalls sehr heikle Einteilung der Sitzordnung im Wirtshaus. Die Vorbesprechungen dazu beginnen bereits Ende Dezember/Anfang Januar, und wir kennen daraus folgende Dialoge. Vater: »Und die Kunni mid ihrer Schwerddgoschn, däi kennd mer neebern Alfons hiihoggn. Vielleichd bringd der nou aa amol sei Maul aaf. Außer bam Fressn.« Mutter: »Iich glaab, du schbinnsd aweng! Däi zwaa reedn doch seid dreißg Joohr ka Wordd mehr midderander, seid der Alfons aff der Kunni ihrn Moo seiner Beerdichung suu arch bsuffn wor.« Vater: »Nou hogg mer hald die Kunni ninder zu der Herschbrugger Oma?« Mutter: »Ner fraali – daß däi dann vo der Oma des Grundschdigg in Oddnsooß gräichd, des wous in Boum scho verschbrochn hodd. Suu bläid mäißerdi sei? Die Kunni werd nedd eigloodn – scho erleedichd, des Kaschberla.« Vater: »Die Kunni hodd obber scho an Hunderder gschiggd!« Eine Einteilung der Sitzordnung zieht sich also bis weit in den März hinein und wird von verschiedenen Sachzwängen wie Parteizugehörigkeit, Schwerhörigkeit, Mundgeruch oder Blähungen diktiert. Drittens findet dann bei einer Konfirmation noch die schon kurz erwähnte Sichtung der Geschenke statt. Diesen Vorgang kann man etwa mit den Notierungen auf der Börse in Frankfurt vergleichen. Es wird meistens in die Zeit zwischen Mittagessen und Kaffeetrinken gelegt. Dabei öffnen die nächsten Familienangehörigen die Kuverts am Gabentisch und flüstern so laut wie möglich: »An Fuchzger vo die Broddngeiers. Häddnsi aa aweng mehr ooschdrenga kenner.« »Dou, a Hunderder vom Heiner und der Frieda. Däi homm gwiss im Loddo gwunner.« »A Fimbfmargschdiggla vom Nachber. Dassi der nedd scheemd. Gibs glei der Bedienung, daß a Bäggla Marlboro hulld. An Fimbfer! No, den sei

Audo is a die längsde Zeid aff unsern Gehschdeich gschdandn!« Wer auf so eine Konfirmation als Gast eingeladen wird, muß wissen, daß er einem Kartengruß im Mindestfall zweihundert Mark beilegen soll. Für diese zweihundert Mark erhält er als Gegenleistung Schweinebraten mit Kloß und Soß, gem. Sal., einen Schluck angenehm warmen Volkacher Ratsherr und eine Oblate in der Kirche, das schöne Verweilen im Schoß der Verwandtschaft und für den Heimweg noch zwei Stück Käsekuchen in Stanniol. Um diese Konfirmation beneiden die fränkischen Katholiken die fränkischen Protestanten zu Recht.

Von Menschen und Bieren

Wenn nur der Tag danach nicht wäre. Auf zehn Kilometern Fußwanderung durch die Fränkische Schweiz fünf Brauereien. Das sind gemäß herbstnebelartigen Erinnerungen höchstwahrscheinlich eine Maß tiefschwarzes Kellerbier, drei Halbe Rauchbier, vier Weizen, sechs angedunkelte Märzen. Da und dort muß man noch den hausgebrannten Schlehengeist, einige fünfjährig gelagerte Kirschwasser, Zwetschgen, Hutzelbirn unbedingt probiert haben. Tellersulze, Stadtwurst mit Musik, Schinkenbrote, Blaue Zipfel, roter und weißer Preßsack dämpfen schon das Delirium. Der Magen verrichtet halbwegs ruhig seinen Dienst. Aber der Kopf merkt dann halt nichts mehr von einem Reinheitsgebot, durch ihn verläuft am nächsten Morgen anscheinend eine Hochspannungsleitung. Es brummt schwer, und durch die Alpträume ziehen oberfränkische Ortsnamen wie Würgau, Oberkotzau, Kübelstein, Mistendorf, Kehlingsdorf, Kümmersdorf und Weichenwasserlos.

Von wegen Belgien, Köln, Düsseldorf oder Maßkrug-City an der Isar – Bierdimpfels Paradies liegt entschieden in Franken, jenem Bermuda-Dreieck mit den Eckpunkten Aschaffenburg, Hof und Treuchtlingen, wo das Maß aller Dinge noch nicht der Zahnputzbecher und das Reagenzgläslein sind, sondern die Halbe leicht zu merkende 0,5 Liter beinhaltet und zügig ausgetrunken wird. In manchen Brauereigasthöfen pflegt der für seine Redseligkeit eigentlich weniger bekannte fränkische Mensch seinen geschwind geleerten Krug waagrecht auf den

Eichentisch zu legen. Er spart sich so eine lange, beschwerliche Unterhaltung mit der Bedienung, die aus den Worten bestehen würde »Nu ans!«. Zwischen dem Kreuzberg in der Rhön im Norden und Wettelsheim im Süden, um zwei markante Brau-Standorte zu nennen, weist das Dreieck fast vierhundert Dörfer auf, in denen es mindestens einmal in der Woche angenehm nach Malz duftet und Sudkessel und Wurstkessel eine geschmeidige Einheit bilden. Das Zentrum der kleinen Brauereigasthöfe ist das erzbischöfliche Bamberg. So viele Kreuze, so viele Biere.

Aber man soll der Reihe nach trinken: vom schon erwähnten Wettelsheimer Bierkeller sich nach Weißenburg vortasten, Nürnberg links liegenlassen, Gräfenberg, an einem gewissen Stiebarlimbach vorbei nach Weigelshofen, Dietzhof, Buttenheim, Heckenhof und dann durch ein weites, ernüchterndes Niemandsland auf den Kreuzberg hinauf, wo man sich vor seinem Vollrausch schon die Absolution einholen kann. Den dortigen Weihnachtsbock und das kohlrabenschwarze Vollbier brauen Franziskanermönche. Am Schluß schweben wir wie auf Daunenfedern und Ziebalaskäs weit ins gesegnete Land hinein.

Ungefähr 10 000 Hektoliter Märzen, Bock und Festbier braut die Familie Strauß jedes Jahr im südmittelfränkischen Wettelsheim und gehört dadurch zu den größten kleinen Brauereien im Land. Am 1. Mai, wenn der Keller am Patrich seine Spundlöcher öffnet, hat man gelegentlich den Eindruck, daß die 10 000 Hektoliter Jahresproduktion an einem einzigen Tag getrunken werden müßten. Es gibt dort am Berg aber auch beschauliche Stunden, wo einem niemand am Schoß sitzt und keiner aus Versehen ins Bier spuckt. Da blühen vielleicht schon die Linden, da hat man einen Strauß Wiesenschafkraut indianermäßig hinterm Ohr stecken, da läuft das Bier in aller Ruhe durch den Hals so ähnlich wie unten im Tal die Altmühl, da zählt man die Eisenbahnzüge, da bestellt man sich Bratwürst mit Kraut und Brot, die bekanntlich die besten weit und breit sind. Wie überhaupt in allen fränkischen Wirtshäusern die Bratwürst immer die besten weit und breit sind.

An so einem Bratwursttag hoch über der Altmühl sollten die Lindenblätter ein sehr zartes Grün haben, der Himmel ein durchsichtiges Blau, drüber sich weißer Schaum wölben, und im gläsernen Maßkrug spiegelt sich dann unser Kopf wie die glutrote Abendsonne. Nach dem Schädeluntergang schließt der Keller.

Häufig aber zeichnet sich der fränkische Himmel durch ein bleiernes Grau aus – und nicht nur am anderen Tag. Bei Regen begeben wir uns also nach Weißenburg, in die Stadt der alten Römerkastelle und der frischen Biere. Dort bietet das Braustübl *Zur Kanne* ein Dach über dem Kopf. Aber erst ab 17 Uhr. Das Gasthaus besteht aus stets gescheuerten, vielleicht schon hundert Jahre alten Ahorntischen, aus eichernen Stühlen, aus handgeschnitzten Lampenmännchen, einer kupfernen Theke und aus der Schneider-Brauerei. Die Stufen der Holztreppe hinunter zum Sudkessel waren vor hundert Jahren ungefähr drei Zentimeter dick. Jetzt sind sie so dünn, daß man sie kaum mehr messen kann, so viele Braumeister sind schon drübergegangen. Um das Jahr 1900 hat es in Weißenburg neunzehn Brauereien gegeben, jetzt sind es noch zwei. Die Brauerei Sigwart und die Brauerei Schneider.

Wenn man an einem Weißenburger Sauwettertag im Schneider-Bräustüberl sitzt, ereignet sich unter Umständen folgendes: Der alte Regulator an der Wand tickt, wie wenn die Ewigkeit Klopfzeichen geben würde, draußen fährt kein Auto vorbei, aus einer Zigarre steigt Rauch auf, ein Gast schaut seinem Weizenbier beim Verdunsten zu, und der alte Herr Schneider vervollständigt den Tagtraum mit den Geschichten aus tausendundeiner durchzechten Nacht. Wie die Kommunisten und Sozialisten und Nationalen im Bräustübl um die historischen Wahrheiten gestritten und eicherne Stuhlbeine noch eine politische Argumentationskraft gehabt haben. Wie der Wirt die verschiedenen aufkeimenden Revolutionen mit einem Wasserschlauch gelöscht hat. Wie sie den Zattern Karl nach vielleicht zwölf Seidlein Vollbier in einem zugebundenen Kartoffelsack heimtragen haben lassen. Wie der Flieger Sepp die Wette gewonnen hat, daß er innerhalb von zwei Stunden die »blecherne Liesl« mit 15 halben Litern Bier austrinkt. Und wie wahr doch das schöne Lied mit dem Text ist: »In unsern groußn Grouch, dou genger fuchzeha Seidla nei, dou konnsder saufn gnouch, aus unsern groußn Grouch.«

Die alten hölzernen Trittstufen hinunter in die Brauerei will der Thomas Schneider, der Sohn, erneuern. Droben auf der Wülzburg veranstaltet er einmal im Frühsommer ein Fest, wo schon Haindling aufgetreten ist, Konstantin Wecker, der

Ringswandl und Hubert von Goisern. Ansonsten hält auch der junge Braumeister vom dauernden Erneuern nicht sehr viel. Weiterhin soll die Brauerei aus der Familie Schneider bestehen, aus einem Kleinlastwagen, aus 5000 Hektolitern Bier im Jahr, aus dem Bräustübl, dem Arauners-Keller am Stadtwaldrand für die durstigen Sommerabende, aus drei weiteren brauereieigenen Wirtshäusern und aus dem Spaß an der Arbeit.

Warum ausgerechnet die kleinste Brauerei das Weißenburger Biersortensterben überlebt hat, erklären sich die Schneiders so: »Man muß am Boden bleiben, darf nicht nach Nürnberg sein Bier hineinliefern und es halb verschenken, man muß es um den eigenen Schornstein herum verkaufen, man darf sich finanziell nicht übernehmen. Dann kann sich eine Familie davon ernähren.«

Wer neben dem Bier auch die höhere Bierlyrik schätzt, darf auf der Kreuzfahrt durch Franken dann keineswegs an Spalt vorbeitaumeln. Dort hat ein unbekannter Volksmund nach sieben Bier den Vers geprägt: »In Spalt, in Spalt, dou wern die Laid goor alt. Sie kenner nix derfiir, des kummd vom goudn Bier.« Dieses wiederum kommt vom guten Hopfen, der auf den Spalter Berg-und-Tal-Bahnen zwischen Großweingarten, Fünfbronn, Kalbensteinberg, Massendorf, Dürrenmungenau, Georgensgmünd jedes Jahr die Spanndrähte hinaufwächst und sich darauf freut, daß er im Herbst zusammen mit dem Hersbrucker Hopfen und der gemalzten Gerste von den Jurahängen in seiner Eigenschaft als Stammwürze in den örtlichen Sudpfannen landet und später einmal als der berühmte Stoßseufzer »Allmächd naa, bin der iich haid widder bsuffn!« aus dem fränkischen Menschen herausdringt. Das Spalter Bier wird seit 1879 in einer stadteigenen Brauerei hergestellt, deren oberster Chef immer der Bürgermeister ist. Dieser Herr sollte kein Buttermilchtrinker sein und kein Anhänger stiller Mineralwasser. Seine Leber muß sich im aktiven Widerstand befinden.

Aus den zahlreichen Spalter Wirtshäusern ragt die *Stiegelmühle* heraus, auch *Gasthof Blumenthal* genannt, wo direkt an der Fränkischen Rezat die Familie Kocher sorgfältig darauf achtet, daß durch Essen und Trinken sich Leib und Seele in einem zufriedenstellenden Balance-Zustand befinden. Ungefähr in der Zeit, in der der Spargel wächst, serviert man dort als Salat mit Essig und Öl – das gute alte Fränkisch Dressing also – Hopfensprossen. So gesund sie sein mögen und so gut sie schmecken – wir entziehen durch übermäßigen Genuß dem Brauer die Ressourcen und sägen so an unserer eigenen Gurgel.

Spalter und Hersbrucker Hopfen bilden auch das Fundament für die Biere der buckligen Welt nördlich von Nürnberg. Eilige Reisende haben zwei beschauliche Möglichkeiten, die Fränkische Schweiz zu vermeiden: den Stau auf der Würzburger und den Stau auf der Berliner Autobahn. Der Kenner aber schlüpft in die Bierfilzpantoffeln, füllt seine Aspirinvorräte nach, deckt sich mit einer Familienpackung Entlallertabletten ein und besteigt am Nürnberger Nordostbahnhof, solang es ihn noch gibt, den Niedriggeschwindigkeitszug nach Gräfenberg. Über Buchenbühl, Kalchreuth, Käswasser, Großgschaidt, Eschenau, Forth, Igensdorf, Weißenohe erreichen wir im sehr angenehmen, verschärften Spaziergängertempo das Eingangsstädtchen zur Fränkischen Schweiz und schreiten sofort nach dem Überqueren des Marktplatzes in den *Brauereigasthof Lindenbräu* vom Brehmer Schorsch.

Dem Schorsch sein Wirtshaus vereinigt brennpunktartig die Essens- und Trinkwürdigkeiten der gesamten Fränkischen Schweiz in sich. Das sind: hausgebrautes Vollbier, Festbier, Maibock, hausgebrannter Bierschnaps, Apfelschnaps, Kirschgeist, Zwetschgenschnaps, Mirabellenschnaps, Birnenschnaps, Sulze, Schweinebraten, Schnitzel, Bratwürste aus der Hausschlachtung und sonntags frische Gniedla, die an Medizinbälle erinnern. Bei der Preisgestaltung vom Brehmer Schorsch wähnt man sich in der autonomen Wohlfahrtsrepublik Lindenbräu. Oder um es mit dem Georg Brehmer und der rechten Seite seiner Speisen- und Getränkekarte zu sagen: »Leem und leem loun«. Ohne weiteres wird man im Gräfenberger Lindenbräu um zwanzig Mark schön satt und gestrichen voll, ungefähr bis Oberkante Unterlippe. Wer noch Kapazitäten frei hat, was nach dem Besuch des Lindenbräus selten vorkommt, soll den Wald- und Wiesenweg nehmen: östlich an Walkersbrunn vorbei über Gräfenbergerhall, unter alten Kirschenbäumen auf Schlüsselblumen gebettet verweilen und von dort aus zuschauen, wie aus dem Brauereischlot vom Hofmann in Hohenschwärz der Rauch in den Himmel steigt. Zusammen mit dem weißen Rauch steigt in uns auch schon wieder eine Ahnung auf, daß wir Durst haben. Wir nehmen beim Hofmann in Hohenschwärz fünf Bier zu uns. Von äußerster

Schwärze, wie der Name schon sagt, und haben dann wieder unser Häich (Höhe), wie der Franke sagt. So erklärt sich ganz einfach der Ortsname Hohenschwärz.

Vor Einbruch der Nacht steigt der Wandersmann über das Todtsfeld ins Trubachtal hinab, gibt obacht, daß er nicht stolpert, und schläft in einem Gasthaus in Egloffstein so tief und so fest wie schon lange nicht mehr. An einem Wochentag im Frühsommer, wo Schwalben und Motorradfahrer schon wieder ziemlich tief fliegen, soll man aber sein Fahrrad nehmen und das Land der historischen Steinhaufen, der Strauchdiebe und Raubritter, der rohen Klöße und Bachforellen, der Schnäpse und Biere dort erkunden, wo es in den Stunden, in denen der Frankenschnellwegtourist noch schläft oder arbeitet, am schönsten ist. Wiesentaufwärts an den stets bewirtschafteten Mühlen vorbei, *Sachsenmühle, Stempfermühle, Behringersmühle, Schottersmühle, Pulvermühle.* In Plankenfels links, das Gebirge hinauf, und schon sitzen wir auf einer grauverwitterten Holzbank vor einem uralten Haus, das ausschaut, als würde es den nächsten Schluckauf nicht mehr überstehen. Aber es hält zur Not an den Wochenenden Heerscharen von Nürnberger, Würzburger, Bamberger, Berliner, Düsseldorfer Hockenbleibern aus. Das Schild über der Eingangstür mit der Aufschrift Kathi-Bräu will uns sagen, daß wir auch in Heckenhof, hoch über der Wiesent, mit unserer Halsdürre ganz gut aufgehoben sind. Hier hat die Kathi Meyer ein Leben lang ein dunkles Bier gebraut mit einer Stammwürze von ungefähr dreizehn Prozent, was bedeutet hat, daß man nach sechs Halben ungefähr hundert Prozent voll war. Am 11. Oktober 1993 ist die Sagengestalt der fränkischen Brauereigeschichte in ihrem alten Haus friedlich verstorben, seitdem schaut sie auf einer Fotografie mit einem kleinen Trauerflor von der Wand hinterm Kachelofen mit einem zarten Lächeln dem Josef Schmitt, ihrem Nachfolger, zu, ob er auch alles richtig macht.

Man sitzt also auf der alten Holzbank vor dem alten Haus, neben einem duften die Hollerblüten, eine Amsel in der großen Linde singt so laut, als ob sie auch ein Bier möchte, am Stadel und dem Brauhaus vorbei kann man weit ins Land schauen. Hin und wieder schaut man in seinen Bierkrug hinein. Viel hat der Josef Schmitt also bisher noch nicht falsch gemacht. »Ein bißchen größer ist halt alles geworden«, sagt er fast entschuldigend zur Fotografie von der Kathi hinauf, »und die Leut werden immer mehr.« Und einen großen Parkplatz hat er bauen müssen, eine eigene Zufahrtsstraße, ein neues Brauhaus. Heckenhof, ein Dorf am Ende der Welt, ist eine Berühmtheit geworden im Umkreis von ein paar hundert Kilometern, ein Wallfahrtsort für die Anhänger geräucherter Schinken, tiefschwarz gefüllter Maßkrüge, frischer Luft und alter Holzbänke. Schon Freitag mittag ist in der Wirtsstube fast kein Platz mehr frei. Fünf Handwerker aus Aufseß trinken das Wochenende ein, Rennradler aus Lauf bekämpfen den Muskelkater mit der erprobten Henkeltherapie, Fußwanderer, Kampftrinker, Motorradfahrer drängen sich ins Wirtshaus, als hätte der Josef Schmitt auch Freibier auf der Karte stehen.

Zwei ziemlich verschiedene Innenansichten bietet auch der *Brauereigasthof Alt* in Dietzhof. Das Dorf Dietzhof liegt am Walberla, dem heiligen Berg der Bierfranken, an dessen Hängen im ausgedehnten Mittelalter noch ein Sauerampfer gewachsen ist, den man kühn als Wein bezeichnet hat. Das Walberla heißt auch nicht Walberla, sondern Ehrenbürg – eine Bezeichnung, die kaum jemand kennt. Um diesen heiligen Berg ranken sich noch mehr Ungereimtheiten. So wird er von den Fremdenverkehrsdirektoren gern empfohlen, weil man auf ihm so schön verweilen, in sich kehren und traumverloren über das Wiesenttal, über weiße Kirschbäume und rote Ziegeldächer schauen kann. Wählt man für so einen traumverlorenen Tag aber die Walberla-Kirchweih am ersten Sonntag im Mai, so verweilt man dort oben in der schwindelerregenden Höhe von fünfhundert Metern mit ungefähr dreißigtausend anderen Romantikern und blickt melancholisch über das Land, ob man vielleicht irgendwo einen Sitzplatz findet.

Früher ist man auch im Luftraum über dem Walberla sehr beengt gewesen. Es sind dort Drachenflieger und Paraglider umhergeschwirrt wie die Mucken um den Misthaufen, und in der Nacht zum 1. Mai haben die Hexen ihren Flugtag gehabt. Man sieht sie jetzt aber nur noch nach ungefähr zehn bis zwölf Bieren, das Drachenfliegen ist weitgehend verboten, und auch Modellkampfflugzeuge oder versprengte Freeclimber brummen einem nur noch selten an den erstaunten Kopf.

Von der heiligen Platzangst kann man sich auch am Fuß vom Walberla, im *Brauereigasthof Alt*, einen guten Überblick verschaffen. Doch immer noch gibt es die Nachmittage, an denen man dort an der Ofenbank sitzt und außer dem Knistern der Holzscheite, dem Schnurren der Katze und den Worten der Wirtin Rita Alt »Wos gräing mer denn?« nichts hört. Man kriegt dann seinen Romadur mit Butter und Brot, eine Halbe angedunkeltes Bier, zu einem Preis, für dessen Entrichtung man in der nahen Großstadt höchstens einen Kaffeelöffel voll Schaum sowie zehn Gramm Wursthaut erhalten würde. Also ein zartes Nichts, Mehrwertsteuer noch nicht inbegriffen. Nach sieben Bier ruft man die heilige Walpurga an, von der das Walberla seinen Namen hat, und fliegt mit ihr heim. Während der Ehemann von der Rita, die nicht nur sehr gut kochen, sondern auch sehr gut schafkopfen kann, wieder einen frischen Sud ansetzt.

Mit dem einen oder anderen Schluck kämpft der Raimund Alt gelegentlich gegen die eigenen Sorgen an. Das Reißbrett ist nämlich schon gerichtet, der Bleistift gespitzt – sie wollen dem Dorf Dietzhof am Fuß vom Walberla ein Gewerbegebiet vor die Nase hinbauen, das dann nicht weit weg von der Brauerei Alt seine Gewerbe ausbreitet. Noch gilt aber ein schönes Aquarell vom Walberla-Maler Manfred Knöttner mit dem Titel »Dietzhof«, auf dem der graue Felsen in den grauen fränkischen Himmel übergeht, drunter ruhen Kirschbäume, Äcker, Wiesen, ein paar rote Ziegeldächer, das dritte von links ist höchstwahrscheinlich die Brauerei. Ein Gewerbegebiet hat auf diesem Bild gerade noch gefehlt. Gegen die Kälte von Raumordnungsverfahren gibt es wieder fränkische Bierpoesie, einen Zweizeiler für fast alle Fälle. Der steht in der Speisenkarte der Brauerei und heißt so: »Ob warm, ob kalt, ich trink mei Alt.«

Mit summendem, brummendem Klößkopf und letzter Kraft begeben wir uns noch einmal auf die verschlungenen Pfade des fränkischen Bierdschungels, immer der rotblau leuchtenden Nase nach über die Brauereigasthöfe von Breitelesau und Buttenheim, und überdenken, soweit das noch möglich ist, was die alkoholische Endzeit hierorts für lautmalerische Namen hat: Breller, Bretterer, Zünderer, Kanonenrausch, Hebfer, Qualm, Dampf. Dabei gelangen wir in nordwestlicher Richtung in das Land zwischen Finster und Siggsdminedd, schon außerhalb der Fränkischen Schweiz, wo sich eine Merkwürdigkeit an die andere reiht. In Heroldsbach auf dem heiligen Hügel erscheinen seit 1949 gelegentlich die Jungfrau Maria am Himmel, der Herr Jesus, verschiedene Engel, oder es tropft aus den Birken im Mai menschliches Blut. Ob es mit den Brauereien im nahen Stiebarlimbach oder Weigelhofen in einem geheimnisvollen Zusammenhang steht, ist wissenschaftlich nicht gesichert. Gesichert ist, daß man mittels der Erscheinungen in Heroldsbach jahrzehntelang gute Geschäfte mit den vor lauter Wundern trunkenen Pilgern machen hat können.

Während es mit den Himmelserscheinungen in letzter Zeit ein bißchen stagniert und auch der Bamberger Erzbischof – genannt der Erdbeerschorsch – seinen Segen verweigert hat, funktioniert es mit den Erscheinungen zum Beispiel in Weigelshofen, beim Pfister, nach vier, fünf Halben immer noch bestens. Seit 1840 braut dort die Familie Pfister ein selbstverständlich dunkelbraunes Bier, serviert es in Steingutkrügen mit Zinndeckel und kocht ein im Umkreis von fünfzig und mehr Kilometern gerühmtes Essen dazu. Das Schönste bei den Pfisters: Man ist promillemäßig autark und kann für einen kleinen Unkostenbeitrag von dreißig Mark im Gästehaus übernachten, Frühstück, Rollmops, Alka-Seltzer inklusive.

Das Größte bei den Roppelts ein paar Kilometer weiter westlich in Stiebarlimbach: die dort in nicht ganz freier Wildbahn, sondern in viereckigen Weihern und anschließend auf kaum ausreichenden Teller vorkommenden Karpfen. Serviert wird dunkelbraunes Lagerbier vom Faß und vom feinsten. Obacht: Etwa nach dem sechsten, siebten Seidlein kommt es, wie schon kurz erwähnt, zu Erscheinungen. Die plötzlich aus dem Dunkel des fränkischen Landes auftauchenden Gestalten sind in grüne Gewänder gehüllt, sagen in einer dem Touristen fremd anmutenden Sprache »Haung'S mi amol oo« und auf ihrem Heiligenschein prangen nicht die Worte »Gloria in excelsis deo«, sondern »Polizei – Bitte folgen«.

Essen in Franken

Wenn es die Münchner auch nicht offen zugeben – insgeheim sind sie fast alle Liebhaber der fränkischen Küche. Denn trotz ihrer vortrefflichen Weißwurst, die optisch an einen Radiergummi und geschmacklich an wenig erinnert, reißen sich oberbayerische Gourmets um nichts so sehr wie um eine fränkische Stadtwurst, einen Preßsack – den es in den beiden Landesfarben Rot und Weiß gibt – oder um Bratwürste. Letztere verhalten sich so wie die fränkischen Dialekte, nämlich sehr uneinheitlich. Die Coburger Bratwürste zum Beispiel dürfen nur auf Tannenzapfen gebraten werden und sind ziemlich lang, was man von den Nürnberger Bratwürsten wiederum auf keinen Fall sagen kann. Eine Nürnberger Bratwurst ist hinsichtlich der Länge ein ausgesprochenes Kleinod.

Neben Krautwickerla, Schäufele, Apfelküchla, Fleischküchla, Spargel, Hopfensalat, Schwarzwurzeln, kalten Naundscherla und warmen Druudscherla, Kärwa-Kichla und anderen Feinheiten, die trotz ihrer stattlichen Größe rein sprachlich nur in der Verkleinerungsform vorkommen, ist ein wichtiger Bestandteil der fränkischen Küche zwischen Main und Altmühl der Karpfen. »Im Herbst sterbst« – dieses bedeutsame Sprichwort über die Vergänglichkeit gilt weniger für den Menschen, der bekanntlich jede Stunde und nicht nur im Herbst mit seiner Abberufung rechnen kann, sondern für die Karpfen. Wenn die Kastanien aufplatzen, der Mond nachts schon so bleich ist wie ein zu früh verlorenes Hühnerei und die Luft in der Früh wie zum Anfassen ausschaut, dann müssen sich die graublauen Weiher-Haie von dieser Welt verabschieden und sich auf ihre letzte Kreuzfahrt in der Bratpfanne vorbereiten.

Die besten Karpfen wachsen schon seit Jahrhunderten im Aischgrund, in der Fränkischen Schweiz, in der Ansbacher Gegend und im Aquarium von Engelbrecht. Und wenn man Glück und vierzehn Tage Zeit hat, dann beißt so ein pensionierter Schlammgleiter manchmal auch im alten Ludwigskanal an. Karpfen von dort haben nach der Zubereitung aber oft einen Beigeschmack von rostigen Bettgestellen, Fahrradrahmen, alten Küchenbüffets oder anderen Dingen, die der fortschrittliche Mensch gern bei Nacht in den Kanal zu schmeißen pflegt. Für gewöhnlich ist die Anfertigung eines gebackenen Karpfens ziemlich einfach. Der Flossenmeier sollte ungefähr drei Jahre alt sein, wenn seine Tranfunzel für immer ausgeblasen wird. Man läßt also den Fischweiher ab, zieht die fränkischen Essenwürdigkeiten am Schwanz aus dem Schlamm und schmeißt sie zum gründlichen Wässern in eine Zinkbadewanne. Dann zeigt man den erstaunten Karpfen mit einem einstudierten Karateschlag ins Genick endgültig, wo der Barthel den Most holt, entfernt ihnen mit Alpecin forte die gröbsten Schuppen und wartet schließlich auf einen wehmütigen Oktobersonntag, wo man sie anläßlich der Allerweltskärwa blau, gebacken oder expreßgeräuchert ihrer Bestimmung übergibt.

Die vierte Möglichkeit, einen Karpfen zu essen, ist die im Wirtshaus. In den renommierten Fischküchen werden die Aischgründer manchmal auch

Goldfische genannt: erstens wegen ihrer kleinen Größe, und zweitens wegen ihres Wertzuwachses während ihrer Metamorphose vom Teichbewohner zur Kostbarkeit auf der Speisekarte. Ein wichtiges Kapitel den Karpfen betreffend ist auch die richtige Handhabung beim Verzehr. Das einfachste ist, man merkt sich, daß der Karpfen weder mit dem Schraubenzieher noch mit einer Heugabel verspeist werden darf, sondern mit dem Fischbesteck, das dafür allerdings am wenigsten geeignet ist, weil man mit ihm fast nichts erwischt. Nach etwa eineinhalbstündigem, fachgerechtem Herumsäbeln nimmt man dann endlich die Hände zu Hilfe. Die zweite schwierige Hürde stellt das Knochengerüst des halbierten Fisches dar, das aus ungefähr zwanzigtausend Gräten besteht und den Krankenhäusern im Herbst viele Luftröhrenschnitte beschert.

Äußerst wichtig ist auch die rotweiße, kleine Flagge, die als eine Art Trauerfahne am Zahnstochermast im Rücken des Karpfen steckt und auf der in vornehmeren Häusern etwa der Sonderpreis von 34,50 Mark zu lesen ist. Glücklicherweise gibt es aber auch noch Karpfen, deren Besitzer großen Wert auf eine soziale Preisgestaltung legen. Und gegen Aufpreis ist der Teichbewohner, der meistens auf viel zu kleinen Tellern serviert wird, mit verschiedenen Extras zu haben. Unter anderem mit einer Zitrone im Maul, Petersilie an den Flossen und, für pietätvolle Gäste, einer getönten Brille über den Augen. Weil einen die Viecher beim Essen immer so traurig anschauen, daß es dem Tierfreund fast das Herz brechen möchte.

Wie schon kurz erwähnt, gehört zu den wichtigsten fränkischen Nationalgerichten auch der Spargel. Das unterirdische Gemüse wächst und gedeiht unter anderem im Knoblauchsland zwischen Nürnberg, Fürth und Erlangen, ebenso am Main und in der Gegend um Spalt oder aber in Dosen. Frisch aus der Heimaterde gibt es den Spargel nur von April bis Johanni, am 24. Juni. Was vor oder nach diesen Stichtagen auf den Tisch kommt, stammt also aus dem Ausland oder aus der Dose.

Im Mai leiden die Spargelbauern aus gutem Grund häufig an starken Rückenschmerzen. Denn weil man in unserem vollautomatischen Plastik-Zeitalter zwar eine Kuh elektrisch melken kann, aber immer noch keinen hydraulischen Spargelheber erfunden hat, müssen die Bauern im Frühling ein paar Wochen lang wie der Glöckner von Notre Bahndamm auf seiner letzten Wallfahrt durch die Ackerfurchen rutschen und den wichtigsten aller fränkischen Bodenschätze Stengel für Stengel aus der sandigen Heimaterde graben. Nicht sehr erfreut sind beim ersten Auftauchen der gebündelten Blaßmänner am Markt auch die Hausfrauen, weil zu den ehelichen Pflichten leider auch das ordnungsgemäße Schälen von mindestens vier Pfund Stangenspargel täglich gehört, eine mühselige Arbeit, die seinerzeit wahrscheinlich ein gewisser Herr Sisyphus erfunden hat. Völlig hilflosen Spargelzubereitern ist am Anfang vielleicht zu einem Bleistiftspitzer zu raten, wodurch allerdings auch die Portionen entschieden kleiner werden. Was bei der Preisgestaltung keine unerhebliche Rolle spielt. Jedes Jahr erhöht sich der Spargelpreis ungefähr um eine Mark, pro Milligramm. Wir sollten uns aber wegen eines eventuellen kleinen Börsenkrachs daheim keine Gedanken machen und mindestens siebenmal in der Woche zum Spargelessen gehen.

Spargel hilft gegen Leberschrumpfung, Gallensteine, Blasenleiden, Senkfüße, Blattläuse und dem Vernehmen nach auch gegen Störungen im erektiven Nervensystem. Folglich gibt es für den Spargelesser zwei Möglichkeiten: Entweder er sucht vorher seinen Vertrauensarzt auf, läßt sich eines der obigen Leiden bestätigen und erhält seine Portion Spargelsalat auf Krankenschein. Oder er hat zufällig fünfzig Tage lang Geschäftsbesuch und ißt das zarte Gemüse statt auf Sauce Hollandaise lieber auf Spesen. In einem richtigen fränkischen Spezialitäten-Restaurant sollte man am besten mit einem Leih-Porsche vorfahren, einem seidenen Hemd und einer seidenen Krawatte ausgestattet sein und in der linken, inneren Brusttasche das Neue Testament bei sich führen. Mit Hilfe des Letztgenannten ist man in der Lage, dem Wirt sofort beim Ausstellen der Rechnung ein treffendes Zitat entgegenzuhalten: »Herr, vergib ihm, denn er weiß nicht, was er tut.« Außerdem wölbt sich die Taschenbibel nach außen und vermittelt so den Eindruck einer dicken Brieftasche. Jeder Wirt hält einen derart maskierten Hinterhofrat sofort für einen bekannten Altunternehmer, und man muß bei der Spargelbestellung nicht erst seinen Kontoauszug oder sonst eine Banksicherheit vorweisen.

Auch beim Spargel ist selbstverständlich das fachgerechte Essen von großer Wichtigkeit. Für den Verzehr gibt es seit Jahrhunderten fest geregelte

Einfuhrbestimmungen in den Mund. Wer sich aber lieber ein paar Ohrfeigen vom Wirt zuziehen möchte, schneidet den Spargel mit Messer und Gabel in ganz kleine Stücke und ißt ihn dann völlig normal wie ein Gulasch oder Hühnerfrikassee. Diese Eßart zieht häufig auch ein Lokalverbot wegen Spargelbruch nach sich. Vom schon geschilderten Waffelbruch ganz zu schweigen. Gemäß dem guten Ton sticht man mit der Gabel direkt hinterm Kopf hinein. Nicht hinterm eigenen, den wir vielleicht später noch irgendwie benötigen, sondern hinter dem Spargelkopf. Sodann führen wir ihn in den Mund ein und schieben mit der Gabel nach. Am Schluß macht es laut und deutlich »Schlbbbbfff«. Dieses Geräusch zeigt uns und allen anderen Gästen im Umkreis von hundert Metern an, daß der Spargel seiner Bestimmung gemäß dem Schlund nun vollends übergeben ist.

Johann Wolfgang von Goethe ließ sich per Eilpost Bratwürste von Nürnberg nach Weimar schicken, Jean Paul lobte blumig: »Die Würste sind meinem Magen schöne Vergißmeinnicht«, und ein Spezialitäten-Tester aus der Biedermeierzeit kam zu dem Ergebnis: »Ein niedlich Ding, nicht größer als ein Gedankenstrich, aber unnachahmlich lecker. Der Wirt sieht es lieber, wenn der Gast sechs als deren drei verzehrt.«

Früher müssen die Fremdenverkehrsdirektoren von größeren Städten unheimlich verfressen oder nebenbei Metzger gewesen sein. Denn ihre urbanen Schatzkästlein und Reichskleinodien sind weniger durch irgendwelche exhumierten Kulturdenkmäler berühmt geworden, sondern durch Wurstschnerpfel. Aus der Hauptstadt der Doppel- und Doppelliter-Monarchie stammen zum Beispiel die weltweit bekannten warmen Wiener. Dann gibt es noch den Prager Schinken, die Göttinger, die Frankfurter Würstchen, die Lyoner, die Zungenwurst aus Berlichingen, die Regensburger Knackwurst, den Hamburger und die Münchner Weißwürste.

In Nürnberg, wo bekanntlich alles ein bißchen kleiner ist, vom Wolkenkratzer bis zur durchschnittlichen Körpergröße, dominiert neben der beleidigten Leberwurst seit ungefähr siebenhundert Jahren der Däumling der Metzgereiprodukte – die fünf Zentimeter lange Rostbratwurst. Im Jahr 1313 ist der Winzling zum ersten Mal urkundlich auf einem Verzehr-Bon von Kaiser Konrad anläßlich eines Wettbewerbs im Wurschtschnappen im Gasthaus *Zur Blauen Glocke* erwähnt worden. Dieser Austragungsort wurde später dann das Bratwurst-Glöckle an der Moritzkapelle und noch später, im Jahr 1945, ein Trümmerhaufen.

Die Rostbratwurst gibt es aber heute noch, und zwar in drei Ausführungen. Das Standardmodell ist gebraten, schaut ungefähr so aus wie die Frau Regenwurm im achten Monat und ist in den Geschmacksvariationen von Vanille bis Salzbergwerk erhältlich, je nachdem, wie stark der Metzger am Abend getrunken und am anderen Morgen in der Gewürzkiste danebengegriffen hat. Die Urform ist die nackerte Bratwurst, die man roh mit Salz und Pfeffer und am besten auch mit geschlossenen Augen ißt. Außerdem gibt es noch die sauere Bratwurst im Essigsud, die auch Blauer Zipfel genannt wird. Die notwendigen Gewürze halten die berühmtesten Nürnberger Bratwurstbrater mindestens genauso geheim wie ihre Kontoauszüge in der Schweiz. Viel wichtiger sind aber die Beilagen. Touristen bestellen meistens Kartoffelsalat, Kraut oder Meerrettich, weil sie nicht wissen, daß die Nürnberger Rostbratwürste nur mit Obst genießbar sind. Also zum Beispiel mit Zwetschgenschnaps, Himbeer- oder Schlehengeist.

Von fränkisch Thüringen oder thüringisch Franken bis nach Treuchtlingen kann ohne rohe Klöße kein sonntägliches Mittagessen stattfinden. Leider hat auch im Kartoffelbereich die Automatisierung schon ihre Spuren hinterlassen, so daß diese rohen Klöße, auch Gniedla genannt, inzwischen eine sehr rare Spezialität geworden sind. Selbstverständlich kriegt man in jedem Wirtshaus zum Schäufele, zum Schweinebraten oder zum Tennisspielen sogenannte rohe Klöße. Wobei es sich aber nur um verblichene Abziehbilder von richtigen rohen Klößen handelt. Die Plastikbomber bestehen aus fertigem Kloßteig, haben eine schneeweiße Farbe, wie wenn es ihnen gerade schlecht werden möchte, und schmecken irgendwie fernöstlich nach dem Nirwana, beziehungsweise nach nichts.

Richtige rohe Klöße hingegen sind eine Ausnahmeerscheinung. Schon allein von der Sprache her. In der Einzahl sagt man »das Klöß« und in der Mehrzahl »däi Gniedla«. Zum Anfertigen der Klöße braucht man lediglich Kartoffeln oder, wie man sich in der Vorstadt auszudrücken beliebt, Potacken. Ein Drittel wird gekocht und wie ein Stopfer gestampft, die anderen zwei Drittel riechen nach Arbeit. Sie müssen im rohen Zustand über das Reibeisen geschrubbt werden. Bis zum letzten Schnipsel. Dieser wenig kreative, aber körperlich sehr anspruchsvolle Arbeitsgang muß meistens vom Ehemann verrichtet werden. Familien, in denen es noch richtige rohe Klöße gibt, erkennt man daran, daß der Vater von der Arbeit am Reibeisen keine Fingerkuppen mehr hat. Die geriebenen Kartoffeln werden danach im sogenannten Kartoffelsäckchen ganz fest ausgepreßt. Bis keine Brühe mehr rausläuft und dem Vater vor lauter Zusammendrücken unter Umständen das eine oder andere Mißgeschick passiert ist. Man öffnet deswegen auch gern das Küchenfenster einen Spaltbreit. Die gekochten und die geriebenen Kartoffeln werden anschließend zu einem lebberiartigen Teig verrührt, leicht geschwefelt und dann mit Klößbrot im Innern zu ziemlich großen Kugeln geformt. Dabei gilt die bekannte Faustregel: je größer die Hände, desto größer die Gniedla. Anschließend werden sie zwanzig Minuten lang in kochendes Salzwasser gelegt. Und wenn so ein Klöß dann aufgemacht auf dem Teller liegt, von einer fetten Soß weich umspült, daneben das Pfaffenstück einer röschen Gans ruht, linkerhand der Sellerie und der Feldsalat und rechterhand ein Schoppen Silvaner steht – dann kann ein Franke ohne weiteres auf frische Austern oder auf Vinaigrettebrätchen an Trüffeln und anderen Pretiosen verzichten.

Mei Weld in am Gedichd

Närmberch an der Bengerz

Nix Halbs, nix Ganz
Nix Grouß, nix Glanns
Hald asuu zwischerdrinn
zwischern Schuggerd und Nordosdring
Zwischer Kouhweiher, Kanal und Bengerz
Dou bumberd mei Lebkoungherz
Iich mecherd nercherds leem wäi dou
Iich bin hald a Bäiderlasbou

Zwischer alde Gasladdern
Und der SS-Kasern
Zwischern Diehl
Und Schdaabiehl
Aweng braun, aweng hii
Nedd Fleisch und nedd Brii
Hiddler-Gruß, Englischer Gruß
Kinderschbillblädz im Ruß
Haisla wäi aus Baggschdaakees
Schuldndürm aus Beddong
Suwos mousd soung

Nix Halbs und nix Ganz
Nix Grouß und nix Glanns
Hald asuu zwischerdrinn
Zwischern Schuggerd und Nordosdring
Zwischer Kouhweiher, Kanal und Bengerz
Dou bumberd mei Lebkoungherz
Iich mecherd nercherds leem wäi dou
Lou mer mein Rouh

Die Patrizier

Uns g'herrd die Aldschdadd
Mir sin die Kings
Mir sin erschd fräih madd
Brouder, des bringds
Mir schbilln Golf
Mir hom an Borsche
Unser Geld, des lässd si seeng
Und wemmer uns hiileeng
Nou lieng mer voll im Drend
Mid unsern seidna Hemd
Uns g'herrd die Südschdadd
Mir sin die Scheffs
Mir sin nedd blouß am Oorsch gladd
Wou mer schmiern, dou leffds
Uns g'herrd die Nordschdadd
Mir sin die Boss
Aff uns, dou werd gern g'wardd
Ba uns hoggd es Moos

Mir, mir g'herrd mei Beddschdadd
Obber derfiir nedd ganz allaans
Is aa aweng arch hardd
Fräih ummer aans
Iich schbill nedd Golf
Iich hob kann Borsche
Und mei Geld, des hobbi gseeng
Und dou iich mich hiileeng
Nou lichi neeber dir, mei Schadz
Und drausn bfeifd a Radz

Der König von der Königstraße

Iich bin der Könich vo der Könichschdrass
Wenns reengd, nou werri badscherdnass
Im Wind werri widder druggn

Iich hald mei Händ aaf
Bevuur i mer a Hemd kaaf
Nimm iich als Gleidung
Läiber die Zeidung

Iich bin der Könich vo der Könichschdrass
Feine Laid hom aff miich an Brass
Godzeidank gengers gleich widder weider

In mein gräiner Filzhoud
Mancher an Zwiggl doud
Blouß die Bollizei
Schmassd wenich nei

Iich bin der Könich vo der Könichschdrass
Im Summer is die Sunner ganz schäi haaß
Obber nammidooch kummd godzei dank
Der Schaddn vo der Hübbo-Bank

Iich zoohl kann Bfenning Schdeier
Es Freibier is nedd deier
Und in mein Blasdiggsagg
Find si allerwall a Schnubfdawagg

Iich bin der Könich
Vo der Könichschdrass
Blouß der Winder, der verschdäid kann Schbass
Der is ofd fei schlimmer
Wäi di Laid ihr Haß
Affn Könich
Vo der Könichschdraß

Brot für die Halbwelt

A Goons, an Selleriesalood
Sauerbroodn mid Schbinood
Karbfn, Gnechla, Hammlbroodn
Baggers, Gniedla, kalde Bladdn
Bäibibudd und Rinzfilee
Broudwrschdsulzn, Lachsbüree
Gschdobfde Leber, Wirschinglaibla
Schniddlauchsooß, friddierde Daibla
Winegredd an Edlfiisch
Kasdaniensubberl, Graidergmiis
Marinierder Sauerambfer
Drüfflgniedla, Mandlschdambfer
Schmedderling aff Feldsalood
Vonnern Radz es Endrecood
Würmer, Maierkeeferbaaner
Fruuschlaich, Foußbilz, Kieslschdaaner
Henneraung, Boodwannerbrüh
Acherla in Lebberi
Omassneier, Kaulgwabbn
An banierdn Zimmerschlabbn
Vo den druchbassierdn Bubbl nu a Bfund
Vornehm gehd die Weld zugrund

Volksfestbilanz

Am Dreier-Luubing iiberschloong
Middern glann Racheednwong
Zwwamool an die Wänd hiibrummd
A bissala der Scheedl gsummd
Waachrechd ummernandergfluung
Vonnern Haifisch durchs Agwarium zuung
Nou nu Zuggerwaddn, Doodesbahn
Middn Sardinaweggla Schbiedwäi gfoohrn
Hering gweedld, Wasserrudschn,
Riesnrad, Dorbedo-Kudschn
Es Gsichd keesweiß
Gwimmerd, ganz leis
Nu an Zuggerer gmachd
Breggerla glachd
Es Volgsfesd is a Freid
Fiir nerblouß zwaahunderd Mark
Ball drei Meeder houch gschbeid

Die Siemens-Kärwa

Der Berch ruufd
Schdäid in der Zeidung
Der Berch ruufd
Homs in Broschbeggd neidruggd
Der Berch ruufd
Soongs in Radio Käskong
Der Berch ruufd
Haier widder iiber zwaa Millioner Laid
Iich hogg innern Hinderhuuf-
Biergärddla in Johannis
Mid an Mooler, mid an Dichder,
Mid an Gsichder-Schnidzer
Under an Kasdanienbaum
Dou heerd mer fei
Des Ruufn kaum

Alte Kirchweihbräuche

Homs in Musdafa
A Glasauch gschbodzd
Homs in Musdafa
Gräi und blau gfodzd
Homs in Musdafa
An Roßbolln in die Goschn gschdobfd
Aff unsra Kärwa, dou is lusdich
Aff unsra Kärwa, dou is schäi
Zäich di, schleich di, roll di, Doldi
Moußd hald aff die Istanbuler Kärwa gäih

Sechs-Uhr-Läuten

Der Kamilln-Dee summd
Der Scheedl brummd
Die Aung sin gschwolln
Breggerla rolln
In Abodd noo
Drund bimmld die Schdrasserboo
Und mer flisderd ins Kissn:
Aff die Ärwerd is gschissn

Urlaub in Franken

Haier mach mer Urlaub
Urlaub aff der Audoboohn
Braugsd nerblouß nach Höchschdadd,
Höchschdadd-Nord nausfoohrn
Mardinshorn und Schdauberoooder
Am Kühlergrill der Heringsbrooder
Es Blaulichd schdäid am Firmamend
Vuur uns a Mazeedes brennd
Hinder uns aa
Nu värzza Dooch bis Zieglschdaa

Advent

Abfend, Abfend
Der Kiddl brennd
In Jesus in sein Drooch
Driffd ball der Schlooch
A Million Durisdn
Glodzn in sei Kisdn
Jabanische Heere
Jauchzen Dir Ehre
Vuur der Frauenkerch
Närmbercher Gwerch
Abfend, Abfend
Haud ab und rennd
Ganz schnell dervoo
In dulci jubilo

Abfend, Abfend
Alles drängd
Am Haubdmargd noo
Nun singet und seid froh
A Huzzlbrood
Lichd im Bargverbood
An Bolli mäins zon Erler bringer
Er hodd vom Schreim
An Grambf im Finger
In der Schdrasserboo
Greind a Zwedschgerrmoo
Wall der Griskindlasmargd
Is am Herzimbfargd
Gschdorm:
Aa nix verdorm

Abfend, Abfend
Der Kiddl brennd
Die Absädz raumg
Die Umsädz braung
Nu a boor Brozend
Abfend, Abfend
Kyrie Eleison
Die Sanideeder kummer schon
Weihnachd, Weihnachd
Daß ner suu grachd
Man hört der Hirten Schalmei
Freuet Euch:
Wall es gäid aa widder vobbei

Weihnachtsmarkt

Wenn am erschdn
Verkaufsoffner Samsdooch
Im Dezember
Der Umsatz nedd mindesdens
Fimbf Brozend häicher is
Wäi im Dezember dervuur
Nou konnsd fei
Des ganze Joohr vergessn
Hosd Du des damals scho gwissd,
Herr Jesus Christ?

Quellennachweis

Folgende Texte erscheinen hier erstmals in Buchform: »Aktiv-Urlaub«, »Alles im Fluß«, »Alte Kirchweihbräuche«, »Am Weihnachtsbaum die Finger brennen«, »Brot für die Halbwelt«, »Buß- und Bettag«, »Champagner im Tropfer«, »Das Ende der Zeit«, »Die Siemens-Kärwa«, »Eine Mutter in unserer Zeit«, »Habe die Ehre, Altmühltal«, »Hinter Gittern – ein Jubiläum«, »ISDN«, »Konfirmation«, »Ladenschluß«, »Mars-Männchen«, »Profi-Zuschauer«, »Schwarz, Rot, Blaß«, »Spätherbst«, »Tiere im Asyl«, »Volksfestbilanz«, »Volkslied«, »Von Menschen und Bieren«, »Von Schäumen und Bäumen«, »Weggla«, »Weihnachts-Graddi«, »Weihnachtsmarkt«, »Wenn die Händys pfeifen«

Alle anderen Beiträge stammen aus den folgenden Bänden (mit Ausnahme der mit * gekennzeichneten Titel alle vergriffen) und wurden teilweise überarbeitet. Abdruck mit freundlicher Genehmigung des Autors/Verlags.

Die zwei Peterlesboum aus Nürnberg, Hofmann Verlag, Nürnberg 1980

Herbert Liedel/Helmut Dollhopf, *Der Alte Kanal – damals und heute*, Stürtz Verlag, Würzburg 1981

Herbert Liedel/Helmut Dollhopf, *Die Pegnitz – Augenblicke eines Flusses*, Stürtz Verlag, Würzburg 1982

Herbert Liedel/Helmut Dollhopf, *Die Wiesent – der Fluß, die Burgen und das Licht*, Stürtz Verlag, Würzburg 1990

Herbert Liedel/Klaus Schamberger, *Nürnberg – Gesichter einer Stadt,* Hugendubel Verlag, München, 1991

Herbert Liedel/Helmut Dollhopf, *150 Jahre Alter Kanal* *, Tümmels Verlag, Nürnberg 1996

Klaus Schamberger, *Kehrichteimer & Co.*, Hugendubel Verlag, München 1992

Arnold Süssner/Klaus Schamberger, *Franken* *, Reich Verlag, Luzern 1990